囮《おとり》刑事《デカ》　囚人謀殺

南　英男

祥伝社文庫

目次

第一章　謎の死刑囚釈放要求

1

妙に静かだ。

客は自分だけだった。そのせいか、BGMがいつもよりも大きく聴《き》こえる。ダイアナ・ロスのソウルフルな曲だ。

才賀雄介《さいがゆうすけ》はカウンターの中央で、バーボン・ロックを傾けていた。ウイスキーの銘柄はブッカーズだった。

高円寺の裏通りにあるカウンター・バーだ。『エンパシー』という店名で、昭和レトロ趣味を色濃く漂わせている。馴染《なじ》みの酒場だった。

才賀はほぼ毎晩、この店に通っている。自宅マンションは五、六百メートル離れた場所にあった。

六月上旬の夜だ。

外は土砂降《どしゃぶ》りの雨だった。あと数分で、十時になる。いつもなら、常連客が顔を揃《そろ》えている時刻だ。

「閑古鳥《かんこどり》が啼《な》いてるな。客に何か悪さでもしたんじゃないのか?」

才賀は、マスターの石堂謙《いしどうけん》をからかった。

石堂は才賀と同じ三十八歳だ。元小劇場の演出家である。芝居だけでは生計を立てられなくなって、前のオーナーから店を居抜《いぬ》きで譲り受けたと聞いている。

「悪さって?」

「たとえば、女性客のグラスに強力な睡眠導入剤を落として、姦《や》っちゃったとか。そういえば、そんな噂《うわさ》を耳にした気がするな」

「やめてくださいよ、そういう悪意に満ちた冗談は」

「気にすんなって。退屈しのぎの軽口だよ」

「お客さんが見えないのは、この雨のせいでしょう」

「だとしたら、そっちは雨に負けたことになる。弱っちい男だ。情《なさ》けないね」

「言ってくれますね。才賀さんだって、冴《さ》えない独身男でしょうが。行くとこがなくて、ここで独《ひと》り酒を飲んでるわけだから」

「殺すぞ、この野郎!」

「おまえは、もう死んでる」

石堂が笑顔で言い、アイスピックの先端を才賀の喉元《のどもと》に突きつけた。

「『北斗の拳』か。古いんだよ」

「最近は、昔のアニメが欧米のオタクたちに人気を集めてるそうですよ。DVDが何万枚も売れてるらしいんです。それから、秋葉原《アキバ》のメイド喫茶、コスプレ・ショップ、フィギュア・ショップを巡《めぐ》る外国人ツアーも組まれてるみたいですよ」

「そう。いまは、なんでもありの時代だからな」

才賀は素《そ》っ気《け》なく応じ、両切りピースをくわえた。

ヘビー・スモーカーだった。一日にショート・ピースを六、七十本は喫《す》っている。すでに肺は真っ黒だろう。

「水商売は売上げに波があるから、ストレスが溜《た》まりやすいんです。こうも閑《ひま》だと、夜中に胃痛に苦しめられそうだな」

「そんなやわじゃないだろうが。そっちは半分、人生を棄《す》ててるような感じだからな」

「そんなことはありませんよ。これでも毎日、前向きに生きてるんです。ただ、商売が下手《へた》なだけですよ」

「それは言えてるな。そっちは、あまり商売っ気がない。それが魅力でもあるんだがね」

「でも、たまには金銭的に余裕のある暮らしをしてみたいですよ。休職中でも月々、俸《ほう》給《きゅう》を貰《もら》える才賀さんが羨《うらや》ましいね」

石堂がしみじみと言った。酒場の経営は難しいのだろう。

才賀は警視庁捜査四課の刑事である。同課は暴力団絡《がら》みの殺人、傷害、恐喝《きょうかつ》などの捜査に当たっている。

才賀の職階は警部だ。警部になったのは、二十八歳のときだった。警視庁採用のノンキャリア組の中では出世は早かった。

もっとも、その後はまったく昇級試験を受けていない。もともと才賀は、それほど出世欲は旺盛ではなかった。

広く知られていることだが、警察機構を支配しているのは五百数十人の有資格者《キャリア》だ。彼らは警察庁採用の国家公務員である。

叩《たた》き上げの現場捜査員が大きな手柄を立てたところで、所詮《しょせん》は警察官僚たちにはかなわない。ノンキャリア組がどう頑張っても、せいぜい警視止まりだ。

その職階まで昇《のぼ》り詰めるには、相当な努力を重ね、辛抱しなくてはならない。

警察は軍隊に似た階級社会である。従って、理不尽な目に遭《あ》うことが少なくない。才賀は自分を抑《おさ》えてまで偉くなりたいとは考えていなかった。

そもそも彼は検事志望だった。都内の中堅私大を出ると、司法浪人生になった。三年がかりで難関の司法試験に挑《いど》むつもりでいた。

しかし、六法全書を丸暗記することは想像以上に大変なことだった。刑法関係の条文はたやすく憶《おぼ》えられたが、民法には苦労させられた。

法律文は言い回しが古めかしく、すぐには理解しにくい。間違いなく悪文だろう。

悪いことに、才賀にはハンディキャップがあった。

中学生のとき、器械体操でしくじり、頭部を傷《いた》めてしまったのである。損傷したのは大事な海馬《かいば》だった。そのときの後遺症で時々、記憶が断片的に途《と》切《ぎ》れる。

たとえば、話し相手がどこの誰だったか急にわからなくなる。また、自分が何をしようとしているのかも不明になったりする。いつも、なんの前ぶれもない。それだけに厄介《やっかい》だった。

そうした事情があって、才賀は結局、司法試験には通らなかった。やむなく彼は夢を諦《あきら》め、第二志望の警察官になったわけだ。

下町の交番勤務を振り出しに、渋谷署生活安全課、新宿署刑事課と渡り歩き、二十九のときに本庁捜査四課に配属された。以来、セクションは変わっていない。

俗にマルボウと呼ばれている暴力団係刑事は、たいてい体格に恵まれている。大柄で、がっしりとした体つきの者が目立つ。

だが、才賀は身長百六十五センチしかない。三十代の男としては、小柄だろう。

才賀は背こそ大きくなかったが、筋肉は発達していた。負けん気も強い。

相手がどんなに凶悪な犯罪者であっても、絶対に臆《おく》するようなことはなかった。全国の親分衆とも対等に渡り合ってきた。

才賀は鷲《わし》を連想させる顔立ちで、鋭い目は他人に威圧感を与える。丸刈りの頭も、ある種の凄《すご》みを醸《かも》し出していた。

腕力もあった。少林寺拳法三段で、剣道や柔道の心得もある。射撃術は警察学校時代から、ずっと上級だった。

才賀は厳《いか》つい容貌だが、心根《こころね》は優しい。ことに女性や年配者を思い遣《や》る気持ちが強かった。子供たちには、かつて一度も声を荒らげたことはない。

だが、狡猾《こうかつ》な悪人には容赦《ようしゃ》がなかった。非情なまでに相手を締め上げ、時には半殺しにしてしまう。また、いったん咬《か》んだ犯罪者は決して離さない。

そんなことから、才賀は裏社会の人間たちに〝マングース〟と恐れられていた。実際、彼の姿を遠目《とおめ》に見ただけで、こそこそと逃げ出す武闘派やくざは数え切れない。チンピラは視線さえ交《まじ》えようとしなかった。

才賀は危険な男だが、暴力団係刑事としては優秀だった。現に課内での検挙件数は常にトップだ。

しかし、目下《もっか》、休職中である。二年近く前にチンピラやくざを撃ち殺してしまったからだ。

先に発砲したのは相手だった。だが、実弾は放たれなかった。チンピラやくざを背後で操《あやつ》っていた暴力団組長が空砲トリックを使って、故意に過剰防衛行為を誘発させたのである。

才賀は不覚にも、仕組まれた罠《わな》を見抜けなかった。というよりも、体が無意識に反応してしまったと言ったほうが正しい。

才賀は一瞬早く相手の顔面を直撃した。チンピラやくざは即死だった。声すら発しなかった。

才賀は当然、過剰防衛で刑事告発されることを覚悟していた。

ところが、思いがけない展開になった。なぜだか、才賀の発砲は正当防衛と断定された。警察の上層部が検察庁に働きかけ、彼の過失を不問に附《ふ》してくれたことは明らかだ。警察官僚たちは、何がなんでもマスコミや世間の非難を躱《かわ》したかったのだろう。

才賀は、てっきりそう思い込んでいた。しかし、首脳部の狙いは別にあった。

本庁の彦根《ひこね》和明《かずあき》刑事部長に呼び出されたのは、休職して十日目のことだった。

刑事部長は要職で、各捜査課を束《たば》ねている。彦根の階級は警視長だ。ノンキャリア組の出世頭だった。

才賀は呼びつけられた理由がわからなかった。まるで見当もつかなかった。

彦根刑事部長は向かい合うなり、耳を疑うような話を切り出した。

休職したまま、超法規捜査に携《たずさ》われというのである。才賀は驚きのあまり、返答に窮《きゅう》した。すると、刑事部長は真顔《まがお》で同じ言葉を繰り返した。

十数年前から年々、犯罪者の検挙率が低下している。ここで何か手を打たなければ、そのうち警察は威信《いしん》を保てなくなるだろう。

ただでさえ、警察は市民に敬遠されている。不信感を露《あらわ》にする者も少なくない。

そのことを憂慮《ゆうりょ》した法務大臣が密《ひそ》かに警察庁長官や警視総監と協議を重ね、非合法捜査に踏み切る決断をしたようだ。警視総監は才賀を超法規捜査官にうってつけの人物と白羽の矢を立て、彦根刑事部長に先の発砲を正当防衛化させたという。

国家ぐるみの極秘捜査のことは、ごく一部の関係者しか知らないという話だった。特命を下すのは刑事部長だが、そのことを含めて超法規捜査について他言するなと念を押された。

もし非合法捜査のことを外部の者に漏《も》らした場合は、ただちに別働隊に抹殺《まっさつ》されてしまうらしい。さらに極秘捜査中に殉職《じゅんしょく》しても、責任は一切《いっさい》負えないという。

その代わり、捜査に必要な犯罪にはすべて目をつぶってくれるそうだ。違法行為そのものの揉《も》み消しだけではなく、死体も別働隊が片づけてくれるらしい。さらに、いつでも支援要請もできるという。

おまけに極秘任務を遂行《すいこう》すれば、一件に付き一千万円の報奨金《ほうしょうきん》を貰えるそうだ。しかも捜査費は遣《つか》い放題で、特別仕様の覆面パトカーや特殊銃器も貸与《たいよ》されるという好条件だった。

自我の強い才賀は、前々から職場で浮いていた。喜んで彼とペアを組みたがる同僚はひとりもいなかった。

単独捜査なら、気ままに行動できる。そのうえ、まとまった賞金も稼げるわけだ。いいことずくめではないか。

才賀は二つ返事で、彦根刑事部長の申し入れを受けた。

それから、はや二年弱になる。その間に才賀は七件の密命をこなし、併《あわ》せて七千万円の報奨金を得た。しかし、とうの昔に賞金は遣い切ってしまった。

休職中も俸給は支払われている。報奨金は、臨時収入だ。それも泡銭《あぶくぜに》に近い。まだ独身とあって、差し当たって貯蓄に励む必要はなかった。

それ以前に、才賀は酒と女に目がない。

報奨金が懐《ふところ》に入るたびに、放蕩《ほうとう》息子のように夜な夜な銀座や赤坂で豪遊を重ねた。高級クラブをホステスごと借り切ったことも一度や二度ではない。

金は人生を最大限に愉《たの》しむためにある。

余裕があったら、惜《お》しみなく散財する。金がないときは、場末《ばすえ》の飲み屋で安酒を呷《あお》ればいい。

チなものだ。

才賀は、金に執着する人間が嫌いだった。軽蔑《けいべつ》もしていた。金銭に汚い者は、心までケ

そういう男女は万事に利己的で、薄情である。がつがつしていて、どこか品もない。

BGMがジョン・コントレーンに変わった。

才賀は、短くなった煙草の火を揉み消した。そのすぐあと、白い麻の上着の内ポケットで携帯電話が着信音を刻みはじめた。

才賀は懐から携帯電話を摑《つか》み出し、サブ・ディスプレイの文字を見た。発信者は大伴《おおとも》梨沙《さ》だった。

二十七歳のビデオ・ジャーナリストである。フリーだった。テレビ局や番組制作会社の依頼で、さまざまな映像を撮《と》っていた。自らナレーターを務《つと》めることも多かった。才賀は春先に青山のジャズ・クラブで梨沙と知り合い、数週間後に親密になったのである。

「きのうの夜、予定通りに香港《ホンコン》から戻ってきたの」

「香港在住の日本人男女の生活ルポの取材はうまくいったのかい？」

「ええ、おかげさまで。少し前に東洋テレビのディレクターに取材ビデオを渡して、別れたとこ」

「どこにいるのかな？」

「西新宿よ」

梨沙が超高層ホテルの一階にあるグリルの名を挙げた。深夜まで営業しているレストランだった。

「会いたいな。もう特に予定はないんだろう？」

「ええ。才賀さんに電話したら、下高井戸《しもたかいど》の自宅に帰るつもりだったの。でも、あなたの声を聴いたら、わたしも会いたくなってきちゃった」

「そこで待っててくれよ。二十分前後で行けると思う」

「わかったわ。実はね、ちょっと才賀さんに話しておきたいことがあるの」

「どんなことだい？」

才賀は問いかけた。

「テレビにちょくちょくコメンテーターとして出てる三十代の男が香港のキンバリー・ロードにある老舗《しにせ》広東《カントン》料理店でね、黒社会の顔役の中国人と何やら密談してたのよ」

「そいつの名は？」

「会ったときに詳しい話をするわ。ちょっと信じられないツウ・ショットだったんで、こっそり二人をビデオ撮影しちゃったの」

「無鉄砲なことをするなあ。そいつらに気づかれてたら、危《ヤバ》いことになってたぜ」

「そうね。もう危ないことはしないわ。それじゃ、後《あと》でね」

梨沙が先に電話を切った。才賀は携帯電話を上着の内ポケットに戻した。

「これからデートみたいですね？」

「そうなんだ。悪いな。今夜の飲み代は五万円ほど付けてもいいよ。客がもう誰も来ないかもしれないからな」

「才賀さんの心遣いはありがたいと思いますが、われわれは同い年《タメ》なんです。なんだか哀《あわ》れまれてるようで……」

「プライドを傷つけちゃったみたいだな。悪かったよ。正規の料金だけ付けといてくれ」

才賀は謝《あやま》って、ストゥールから腰を浮かせた。石堂が笑った。濁《にご》りのない笑顔だった。

店を出る。

雨が篠《しの》ついていた。傘は持っていなかった。才賀は数十メートル走って、特別仕様の覆面パトカーに乗り込んだ。

フォードのエクスプローラーである。警察無線は、パネルですっぽりと覆《おお》い隠されていた。車内を覗《のぞ》き込んだだけでは、まず警察車とは覚《さと》られないはずだ。

才賀は周《まわ》りに目を配ってから、グローブ・ボックスを開けた。

片手をウェスの奥に突っ込む。

指先に冷たい物が触《ふ》れた。グロック26は所定の位置に収まっていた。オーストリア製の自動拳銃だ。

よく知られたグロック17を切り詰めたコンパクト・ピストルで、全長は十六センチしかない。マガジン・クリップは十発入りと十二発入りの二種がある。

才賀は十二発入りのマガジン・クリップを使っていた。

予《あらかじ》め初弾を薬室《チェンバー》に送り込んでおけば、フル装弾数は十三発になる。ライフリングは六条で、右回りだった。彦根刑事部長が超法規捜査用に準備してくれた高性能拳銃だ。全体に小造りで、銃把《グリップ》は握りやすい。

（こいつが盗まれたら、面倒なことになるからな。神経質なぐらいに有無《うむ》をチェックしたほうがいいだろう）

才賀はグローブ・ボックスの蓋《ふた》を閉め、覆面パトカーのエンジンを唸《うな》らせた。ワイパーを作動させながら、車を発進させる。

裏通りをたどって、甲州《こうしゅう》街道に出た。

新宿方面に向かう車は、思いのほか少なかった。流れはスムーズだった。路面を叩く雨脚《あまあし》を眺《なが》めていると、才賀は脈絡もなく一週間前の情事を思い出した。

取材旅行を翌日に控えていたにもかかわらず、梨沙はシティ・ホテルの一室で乱れに乱れた。熟《う》れた柔肌を大胆に晒《さら》し、貪婪《どんらん》に才賀を求めた。

才賀は梨沙の痴態《ちたい》に欲情をそそられ、ふだんよりも烈《はげ》しく応《こた》えた。口唇愛撫とフィンガー・テクニックを駆使《くし》し、前戯で梨沙を三度も極《きわ》みに押し上げた。

そのつど、梨沙は甘やかに唸り、艶《つや》やかな白い裸身を断続的に硬直させた。体を合わせると、彼女は啜《すす》り泣くような悦《よろこ》びの声を洩《も》らしつづけた。なんとも煽情的《せんじょうてき》だった。

　才賀はダイナミックに動いた。じきに梨沙は四度目の沸点《ふってん》に達し、才賀が果てた直後にまたもや快楽の海に溺《おぼ》れた。

（ホテルに着いたら、まず部屋を取るか）

　才賀はハンドルを捌《さば》きながら、胸底《きょうてい》で呟《つぶや》いた。

　梨沙から二度目の電話がかかってきたのは、新宿の高層ホテル街が近づいたころだった。

　ハンド・フリー装置は搭載《とうさい》してなかったが、才賀は車を路肩《ろかた》には寄せなかった。覆面パトカーを走行させたまま、携帯電話を耳に当てる。

「何かあったようだな？」

「ええ、ちょっとね。グリルにいたら、赤毛の白人男性がしつこく言い寄ってきたの。だから、席を立っちゃったのよ」

「そういうことなら、ロビーで待っててくれないか」

「わたし、地下二階の駐車場のエレベーター・ホールのとこで待ってる。それでもいいでしょ？」

「ああ」

「できるだけ早く来てね」

梨沙が不安そうな声で言い、通話を切り上げた。才賀は携帯電話を懐にしまい、先を急いだ。

それから間もなく、目的のホテルに到着した。才賀は地下二階まで下った。車をエレベーター乗り場のそばに駐《と》め、すぐさま走路に降りた。

あたりを見回したが、梨沙の姿は見当たらない。

女好きの白人男が地下駐車場まで梨沙を追いかけてきたのか。それで彼女は薄気味悪くなって、どこかに隠れたのかもしれない。

才賀はそう思いながら、エレベーター・ホールに歩を進めた。

立ち止まったとき、不吉な予感が胸を掠《かす》めた。ホールの隅に、見覚えのある象牙色《ぞうげいろ》のパンプスが片方だけ転がっていたからだ。

才賀は駆け寄って、靴を拾い上げた。目を凝《こ》らす。紛《まぎ》れもなく梨沙のパンプスだった。

先月、自分がプレゼントしたイタリア製の靴だ。

才賀はパンプスを覆面パトカーの床《フロア》に置き、エレベーターで一階に上がった。

ちょうどそのとき、グリルから二人の日本人女性を連れた赤毛の白人男が現われた。四十代の半《なか》ばだろうか。小太りだった。

（梨沙に言い寄ったのは、あいつだろう。彼女は別の誰かに連れ去られたようだな）

才賀はロビーの端にたたずみ、梨沙に電話をかけた。しかし、電源は切られていた。

（香港で無断でビデオ撮影したんで、彼女は拉致《らち》されることになったんじゃないのか）

才賀は急いで地下二階に降り、フォード・エクスプローラーの運転席に入った。

ホテルを出ると、下高井戸にある梨沙の自宅に向かった。ワンルーム・マンションだ。

二十分そこそこで、梨沙の自宅に着いた。

才賀は車を四階建てのマンションの脇に駐め、階段を駆け上がりはじめた。エレベーターはなかった。

三〇五号室が梨沙の部屋だ。一応、インターフォンを鳴らしてみたが、なんの応答もない。照明も灯《とも》っていなかった。

才賀は万能鍵で、ドア・ロックを解いた。

室内灯を点《つ》けて、奥に進む。床一面にビデオ・テープのカセットが散乱していた。デジタル・カメラは踏み潰《つぶ》され、ことごとくメモリースティックが抜かれている。

（どうやら梨沙は、テレビに出てるコメンテーターに拉致されたようだな。そいつは、いったい誰なんだっ）

才賀はシングル・ベッドに浅く腰かけ、またもや梨沙の電話をコールしてみた。だが、徒労に終わった。

才賀は屈《かが》み込んで、散乱したビデオ・テープを片づけはじめた。

2

陽《ひ》が高くなった。

もう正午近い。才賀は、梨沙のベッドに寝そべっていた。仰向《あおむ》けだった。

一睡もしていなかった。さすがに瞼《まぶた》が重い。

前夜、才賀は部屋の中を片づけると、侵入者の痕跡を検《しら》べた。床《フロア》をくまなく観察したが、靴跡はどこにもなかった。遺留品もない。

三〇五号室のドアは施錠されていた。犯罪に馴《な》れた者が梨沙の部屋に忍び込み、都合の悪いビデオ・テープを回収しようとしたのだろう。

だが、それは見つからなかったようだ。目的のビデオ・テープが手に入ったら、梨沙を連れ去る必要はない。

才賀は一晩中、梨沙の携帯電話の短縮番号を押しつづけた。しかし、ついに電話はつながらなかった。

(彼女は拉致犯にどこかに監禁されて、問題のビデオがどこにあるのか詰問されてるにちがいない。拷問されてるとも考えられるな)

才賀の脳裏に、梨沙が嬲《なぶ》られている情景が浮かんだ。単に殴打されるだけではなく、セックス・リンチを受けているのではないか。

そう考えただけで、気がおかしくなりそうだった。

才賀は忌《いま》わしいシーンを頭の中から追いやり、上体を起こした。ベッドの近くにガラストップのコーヒー・テーブルが置かれている。卓上には、テレビの遠隔操作器《リモート・コントローラー》が載《の》っていた。

才賀はリモート・コントローラーを摑み上げ、テレビの電源スイッチを入れた。梨沙の拉致事件が報じられているかもしれないと思ったのである。

チャンネルを幾度か替えると、ブラウン管に炎上する建物が映し出されていた。

「こちらは、千葉県浦安《うらやす》市にある東京ディズニーランドです。いま燃えている白い建物は、アドベンチャーランドで一際《ひときわ》目立つクリスタルパレス・レストランです。総ガラス張りで、好きな料理を選べるシステムになっていました」
三十二、三の男性報道記者が少し間《ま》を取ってから、言い継《つ》いだ。
「このレストラン内に仕掛けられた時限爆破装置が作動したのは、午前十一時五十分ごろでした。約四十人の客が爆風に吹き飛ばされ、五人の方が亡《な》くなられました。重軽傷を負った方も二十数人いる模様です」

画面が変わった。怪我人の様子が映し出された。

太腿《ふともも》にガラスの破片が突き刺さった幼女が泣き叫んでいる。その近くには、母親と思われる三十前後の女性がぐったりと横たわっていた。顔は血まみれだった。衣服も焦《こ》げ、ところどころ破れている。

怪我人の中には、外国人もいた。ほどなくレストランの従業員の痛ましい姿が映し出された。

(無差別の爆弾テロだな。どんな理由があるにせよ、一般市民を犠牲にするのは卑劣《ひれつ》だ)

才賀は義憤《ぎふん》を覚えながら、ニュース映像を観《み》つづけた。

東京ディズニーランドには、一日数万人の行楽客が訪れる。人気の高いアドベンチャーランド、ファンタジーランド、トゥモローランドの周辺にそれぞれ爆発物が仕掛けられていたら、死傷者の数は数千人に及んだのではないか。隣接する舞浜《まいはま》のホテルまで狙われたら、被害者は一万人を超えるかもしれない。

(騒ぎがこれ以上大きくならないことを祈ろう)

才賀はそう考えながら、次の交通事故のニュースを聞いた。そのあとは、詐欺《さぎ》事件が報じられた。

いくら待っても、昨夜のホテルでの出来事は伝えられなかった。梨沙のことがニュースにならなかったのは、犯行を目撃した者がいないからだろう。

(きのうのうちに一一〇番通報して、所轄の新宿署に動いてもらうべきだったか。しかし、おそらく梨沙は監禁されてるだろう。所轄刑事が不用意に動いたら、彼女は殺されて

しまうかもしれない。それだけは、なんとしてでも避けないとな)

才賀はチャンネルを次々に替えてみた。だが、他局はどこも東京ディズニーランドのレストラン爆破事件を報道していた。

(できるところまで自分ひとりで梨沙を捜してみよう)

才賀はテレビのスイッチを切り、梨沙の部屋を出た。

ワンルーム・マンションの階段を一気に駆け下り、エクスプローラーに乗り込んだ。汐《しお》留《どめ》にある東洋テレビの新社屋に向かう。二年前まで、同局は千代田区内にあった。

四十分弱で東洋テレビに着いた。

才賀は局の広い駐車場に覆面パトカーを預け、一階の受付カウンターに急いだ。若い受付嬢にビデオ・ジャーナリストの大伴梨沙の知り合いであることを告げ、彼女の担当ディレクターが誰か教えてほしいと頼んだ。

「大伴さんは報道部の仕事をされてましたんで、多分、『ニュース・オムニバス』という番組のチーフ・ディレクターだと思います」

「その方のお名前は?」

「田沢慎吾《たざわしんご》です。いま、確認してみますね」

受付嬢が内線電話で報道部に問い合わせた。

才賀は少しカウンターから離れた。受付嬢が、じきに受話器をフックに戻した。

「やはり、田沢ディレクターでした。すぐに一階ロビーに降りてくるそうです。ソファにお掛けになって、お待ちください」

「ありがとう」

才賀は受付の左手にある応接コーナーに足を向けた。

ソファ・セットが六組据《す》えられているが、無人だった。才賀は受付に最も近いソファに腰かけた。伸びかけた髭《ひげ》が気になったが、あいにく覆面パトカーの中にシェーバーはなかった。

二分ほど待つと、水色のコットン・ジャケットを着た四十年配の細身の男が歩み寄ってきた。それが田沢ディレクターだった。二人は自己紹介し合うと、すぐに向かい合った。

「昨夜、新宿の高層ホテル内のグリルで梨沙、いえ、大伴さんから収録ビデオを受け取られましたよね？」

才賀は訊《き》いた。

「ええ、午後九時半ごろね。彼女に香港に取材に行ってもらったんです。そのとき、現地で撮《と》ったビデオを受け取ったんですよ」

「彼女も、電話でそう言ってました。田沢さんと別れた後、わたしと大伴さんは会うことになってたんです」

「デートの約束をされてたんですね？」

田沢が微笑した。才賀はうなずき、前夜の出来事を語った。

「地下駐車場のエレベーター・ホールに大伴さんのパンプスが片方だけ落ちてたんなら、誰かに拉致されたと考えるべきでしょう。当然、もう一一〇番通報しましたよね？」

「いいえ、まだです。わたし、現場から彼女のパンプスを持ち帰っちゃったんですよ」

「なんだって、そんなことをされたんです⁉」

「実はわたし、本庁の刑事なんです。だから、自分で大伴さんを捜し出そうと思ったわけですよ。彼女が何者かに監禁されてる可能性があるんでね。田沢さん、きのうの夜、彼女から三十代のコメンテーターの話を聞かされませんでした？」

「コメンテーターって？」

田沢が首を傾《かし》げた。才賀は、梨沙から聞いた話を伝えた。

「テレビによく出演してるコメンテーターが香港の暗黒街の大物と会食してたなら、ちょっとしたスキャンダルだな。大伴さんがこっそりビデオを回したくなるはずですよ」

「わたしは、その日本人が大伴梨沙の失踪《しっそう》に関与してる疑いがあるような気がしてるんです」

「ええ、考えられますね」

「田沢さん、そのコメンテーターに心当たりは？」

「各局で多少は違いますが、ワイドショーやニュース番組のコメンテーターは中高年の社会評論家、ノンフィクション・ライター、エコノミストが圧倒的に多いんです。元検事や元警察官もいるな。三十代のコメンテーターとなると、作家の日置《ひおき》徹《とおる》、重村《しげむら》ひとみぐらいですかね。あっ、もうひとりいました。若手弁護士の桐谷《きりや》敏《さとし》です。桐谷弁護士はハンサムだから、夕方六時のニュース番組に週一《しゅういち》で出演してます。他局ですけどね。確か彼は三十五歳ですよ。ご存じでしょ、桐谷弁護士のことは？」

「ええ、クイズ番組にも出てますんでね。トーク番組にも出演してたんじゃなかったかな？」

「出てますね。名前を売るには、テレビ出演は効果があるんですよ。桐谷弁護士はかなり知名度が高くなったから、弁護の依頼人には一生、困らないでしょう。いまや有名人の仲間入りした感じです」

「そうですね」

「名前と顔を知られた人たちは、極端にスキャンダルを恐れるものです。香港には、日本人旅行者があふれてます。桐谷弁護士が香港の顔役と老舗広東料理店で堂々と会食してたとは思えないな。ダーティな噂が流れたら、著名人はたちまち生活が一変してしまいますから」

「確かにね。となると、ビデオの被写体は作家の日置徹あたりなんだろうか」

「日置徹は飛行機嫌いで知られてるんです。国内線には一、二度乗ったことがあるようですが、海外旅行はしたことないはずですよ」

　田沢が言った。

「そうですか。ほかに三十代の男性コメンテーターは？」

「キー局とBS局の番組出演者を思い出してみたんですが、三十代の男性コメンテーターは日置徹と桐谷敏しかいませんね」

「そうですか」

「大伴さんが事件に巻き込まれたかもしれないんで、わたしが警察に通報しましょう。才賀さんは現場から勝手に大伴さんのパンプスを持ち去ったんで、いろいろ不都合なことがおありでしょ？」

「折を見て、わたしが事件発生の通報をしますよ。警察発表があるまで、取材は控えてもらえます？」

「わたしが個人的に大伴さんの行方を追ってもかまわないでしょ？　彼女は有能なビデオ・ジャーナリストなんで、うちの局には大事な戦力なんです。一日も早く大伴さんを見つけ出して、今後もいい映像を撮ってほしいんですよ」

「いまの言葉を梨沙、いや、大伴さんが聞いたら、すごく喜ぶでしょう。ご協力に感謝します」

　才賀は礼を言って、すっくと立ち上がった。田沢ディレクターに見送られ、局の建物から出る。

覆面パトカーに向かって歩きだした直後、懐で携帯電話が鳴った。梨沙が監禁場所から逃げ出して、連絡してきたのか。

才賀は急いで携帯電話を取り出した。電話をかけてきたのは、彦根刑事部長だった。

「少し前に東京ディズニーランド内のレストランが爆破され、五人の死者が出て、数十人の客が重軽傷を負った事件を知ってるかね？」

「ええ、さきほどテレビ・ニュースで事件のことを知りました」

「そうか。その事件を引き起こしたのは、『死刑制度廃止を望む市民連合会』と名乗る連中だよ。いや、複数かどうかはまだわからない。複数犯を装った単独犯かもしれないからな」

「そうですね。刑事部長、その組織は左寄りの団体なんですか？」

「うちの公安部のリストには、同名の組織は載ってなかった。おそらく、もっともらしい名称を使っただけなんだろう」

「犯行目的は何なんですかね？」

才賀は問いかけ、エクスプローラーの運転席に入った。

駐車場には、幾つかの人影があった。電話の遣《や》り取りを聞かれてプラスになることは何もない。

「少し前まで警視総監室にいたんだが、須崎義海《すざきよしみ》法務大臣に渋谷のネット・カフェから脅迫メールを送りつけた正体不明の犯人は東京ディズニーランドのレストランを爆破したことを声明し、東京拘置所の死刑囚舎房《しゃぼう》にいる九人の死刑確定囚の釈放を求めてきたそうだ」

「なんですって!?」

「命令に背《そむ》いたら、次は東京ドームと衆議院第一議員会館を爆破すると予告してるんだよ」

「犯人側は、いっぺんに九人の死刑確定囚を釈放しろと言ってるんですか?」

「いや、三人ずつ半月ごとに解放しろと言ってるらしい。ただ、最初の三人は明日の午後十一時までに釈放しろと要求してるというんだよ」

「タイム・リミットまで一日半もないわけか。それは厳しいな」

「総監のお話だと、法務大臣は犯人側が電話で接触してきたら、期限をもう何日か延ばしてもらうとおっしゃってるらしい」

「犯人側が法務大臣の申し入れをすんなり受け入れるとは思えないな」

「おそらく突っ撥《ぱ》ねるだろうね。須崎法務大臣が強く延期を求めたら、犯人側は、すぐにも東京ドームと議員会館を爆破するだろう」

「そうなったら、大勢の市民が犠牲になりますね」

「そうした事態は避けなければならない。タイム・リミットが迫ったら、とりあえず三人の死刑囚は釈放しなければならなくなるだろう」

「なんてことなんだっ」

「一日半弱で犯人を割り出すのは困難だろうが、才賀君、全力を尽くしてくれないか」

「刑事部長、今回の極秘任務は別働隊のどなたかにお願いするわけにはいかないでしょうか？」

「どういうことなのかな？」

彦根の声は、あくまでも冷静だった。才賀は前夜のことをつぶさに語った。

「その女性の安否《あんぴ》が心配なのは、よくわかるよ。しかし、きみは極秘任務に携わる前にわたしが言ったことを忘れたのか？　身内の死に目に遭《あ》えなくても、極秘任務を最優先させてくれと言ったはずだぞ」

「もちろん、そのことは忘れてません。しかし、梨沙とはまだ浅いつき合いなんですが、大切な女なんです。今回だけ別の方に……」

「甘ったれるな！」

「返す言葉がありません。ですが、どうしても自分の手で梨沙を救い出したいんですよ」

「きみは超法規捜査官なんだ。もっとクールになれよ」

「おれは梨沙に惚《ほ》れてるんです。殺されるかもしれない女を放ったらかして、極秘任務には専念できません」

「見損なったよ、きみを。きみはプロ中のプロだと見込んだから、白羽の矢を立てたんだが。私的な事情に引きずられるんだったら、わたしも手を打たなければな」

「国家ぐるみの秘密を知ってるわたしを別働隊の者に始末させるんですね？」

「これまで才賀君は七つの極秘任務を遂行してくれた。きみは、いわば功労者だ。抹殺するには忍びない。といって、野放しにもしておけないよな？」

「わたしをどうするつもりなんです？」

「気の毒だが、狂ってもらう」

「ＦＢＩが開発した例の精神攪乱《かくらん》剤を使って、わたしの記憶をすべて消そうというんですね。それまで、わたしを自由に動き回らせてください」

「よっぽどビデオ・ジャーナリストに心を奪われてしまったんだな。きみには負けたよ。その大伴梨沙さんの行方は、別働隊に追わせよう。だから、きみは極秘任務に取りかかってくれ」

「…………」

「まだ不満なのか？」

「極秘任務に携わりながら、並行して梨沙捜しをさせてください。もちろん、別働隊の方々の協力を得ながらですが」

「強情な奴だ。許可は出せんな。しかし、極秘任務に支障を来《きた》さなければ、目をつぶってやってもいい」

「ありがとうございます」

「いま、どこにいるんだ？」

「汐留の東洋テレビの駐車場です」

「それじゃ、二十分後に日比谷公園の野外音楽堂の近くのベンチで落ち合おう。法務大臣宛の脅迫メールのプリント・アウトと九人の死刑確定囚の捜査資料を手渡す」

彦根が言って、通話を打ち切った。

才賀はフォード・エクスプローラーを走らせはじめた。彼は高校時代の後輩の刑務官の計《はか》らいで三年前に葛飾《かつしか》区小菅《こすげ》にある東京拘置所の死刑囚舎房を非公式に見学させてもらったことがある。その当時は、通称〝ゼロ番区〟に十一人の死刑確定囚が収監されていた。

彼らは三畳ほどの広さの独居房で終日、過ごす。昼間は袋貼《は》りなど軽作業を課せられている。時給は四十円に満たない。月に七、八千円の稼ぎにしかならないはずだ。

しかし、独居房でぼんやりしていると、いたずらに死への恐怖感が増大する。死刑判決が下った時点で、囚人は刑務所から東京拘置所の死刑囚舎房に移される。

だが、死刑執行日は直前までわからない。だから、死刑囚たちは刑務官の足音が自分の房の前で止まると、ついに迎えが来たと怯《おび》えるのだ。その強迫観念は日ごとに強まる。

死刑囚が再審請求を何度も繰り返すのは、一日でも長く生き延びたいからだ。最初っから棄却《ききやく》されることは当の本人も知っている。しかし、こうした時間稼ぎで、七、八年も執行を免れたケースもある。

逆に早く執行を願っている者は、決して再審請求はしない。その分、死刑執行日は早く訪れる。

執行日時は法務大臣が決める。東京高等検察庁の検事が死刑執行指揮書を拘置所に届けるまで、刑務官も執行日は知らない。死刑囚がそれを教えられるのは、たいてい前日だという。

刑場は拘置所の敷地内にある。洒落《しやれ》たデザインの建物で、外壁はアイボリー・ホワイトだ。

刑務官のうちの七人が死刑執行官の発令を受けて、リハーサルを行なう。刑場の一階には出入口と廊下しかない。廊下の両側には階段があって、片方は中二階の絞首室につながっている。もう一方の階段を下ると、半地下室に達する。

死刑囚は教誨師《きようかいし》から引導を渡されたあと、最後の食事を摂《と》る。献立は豪華だが、食べ残す者が多い。ケーキや和菓子も与えられる。

いよいよ死刑囚は中二階の絞首室に入れられ、目隠しをされる。さらに後ろ手錠を掛けられ、一メートル四方の踏み板の上に立たされるわけだ。そして、首にロープの輪を掛けられる。

死刑囚の両側には、それぞれ刑務官が立つ。絞首室の外側の壁には、三つの執行ボタンが並んでいる。

三人の刑務官は上司の合図によって、一斉に執行ボタンを押す。自動的に踏み板が割れ、死刑囚はおよそ三メートル下の半地下室に落ちる。そこには刑務官や医師が待ち受けていて、受刑者の死を確認する。

執行ボタンが三つもあるのは、踏み板を誰が外したかわからなくするためだ。心の咎《とが》を三分の一にするための知恵だった。

しかし、才賀の後輩は執行官を命じられた日、執行ボタンを押さなかった。それが原因で、同僚たちとうまくいかなくなってしまった。その後、彼は依頼退職し、いまは禅寺で雲水《うんすい》になっている。修行僧だ。

(気の優しい奴だったから、執行ボタンを押せなかったんだろう。しかし、その迷いが同僚たち二人の心を重くしたわけだ。人生って、厄介なもんだな)

才賀は車を日比谷の地下駐車場に置き、歩いて公園の中に入った。

土鳩《どばと》の群れを眺めながら、野外音楽堂に向かった。彦根はすでにベンチに腰かけていた。童顔だからか、とても五十歳には見えない。

才賀は、さりげなく同じベンチの端に坐った。

彦根が二人の間に、茶色の蛇腹《じゃばら》封筒を置いた。才賀は封筒を膝の上に載せ、中から捜査資料を取り出した。

三人の死刑囚の顔写真の下に、それぞれの身分帳、警察調書、検察調書、公判記録などがファイルされていた。

「犯人が最初に釈放しろと言ってきた三人だよ。資料をよく読み込んで、犯人と何かつながりのありそうな人物をマークしてくれ」

「はい」

「例の女性の件は別働隊の連中に話しておいた。すぐに動きだすだろう。才賀君、焦《あせ》るなよ」

彦根が立ち上がって、ゆっくりと遠ざかっていった。才賀は資料に目を通しはじめた。

3

導かれたのは、新四舎《しんよんしゃ》と呼ばれている建物の二階だった。

東京拘置所である。才賀は日比谷公園内で捜査資料を読み終えると、彦根刑事部長に連絡を取った。そして、犯人側が最初に釈放を求めてきた死刑確定囚に接見できるよう法務大臣に働きかけてもらったのだ。前例のないことだったが、才賀の希望通りになった。

「鉄扉《てっぴ》の向こうが、いわゆる〝ゼロ番区〟です。九人の死刑囚は、それぞれ独居房に入ってます」

保安課長が言った。森川《もりかわ》という名で、四十四、五だ。典型的な金壺眼《かなつぼまなこ》だった。

「この床《フロア》に接見室はないんですね？」

「ええ。所長から看守室を使うように言われてます。どういう順番で呼び出しをかけましょうか？」

「年長者から順に呼んでください」

「わかりました。それでは、百五十番の矢部有作《やべゆうさく》から呼びましょう」

「お願いします」

才賀は軽く頭を下げた。

森川が若い部下に指示を与え、先に看守室に入った。才賀は後に従った。

誰もいなかった。スチール・デスクが三卓並んでいる。才賀は左端の机に向かい、蛇腹封筒から捜査資料を取り出した。

矢部有作は現在、五十一歳である。九年前まで足立区内でプレス工場を経営していたのだが、親の遺産分配を巡って三つ違いの実兄と対立し、訴訟騒ぎを起こした。

いったんは和解が成立しかけた。そんなとき、矢部は自分の妻が兄と密通していた事実を知ってしまった。

頭に血が昇《のぼ》った彼は妻を絞殺し、実兄夫婦と二人の甥《おい》を惨殺《ざんさつ》した。凶器は牛刀と鉈《なた》だった。三年前のことだ。

五人の身内を殺害した矢部は一審判決を受け、素直に服役した。

少し待つと、若い看守に伴《ともな》われた矢部が現われた。写真よりも、だいぶ老《ふ》けていた。額は大きく禿《は》げ上がり、前歯も二本欠けていた。

「お客さんは警視庁の方だ。といっても、公式な取調べじゃないから、あんまり緊張しないようにな」

森川がそう言い、矢部を回転椅子に坐らせた。前手錠は打たれていない。腰紐《こしひも》も回されていなかった。

「悪いね」

才賀は矢部に笑いかけ、改めて身分帳の文字を追った。

矢部の縁者に犯歴のある者はひとりもいなかった。過激派セクトと関わりのある知り合いもいない。

「何をお調べになってるんです？　わたしが妻を殺《や》って、兄の一家を皆殺しにしたことは事実ですよ。間違いありません」

「後悔してるんだろうな？」

「いいえ、少しも後悔はしてません。正直に言いますと、本心では反省もしてませんね」

「よっぽど兄さんが憎かったようだな？」

「その通りです。兄は頭がよくて、運動神経も抜群だったんです。それに引き換え、わたしは勉強ができなかったし、スポーツもからきし駄目でした」

「同じ兄弟でも頭脳や体力には差があるからね」

「そうなんですが、わたしたち兄弟は違いすぎました。一流大学を出て大手商社に入った兄は、いつも自信にあふれてました。しかし、わたしは高二のときに成績が悪くて進級できなかったんですよ。それで学校を辞めて、職を転々としてたんです。町工場を経営するようになったのは三十代の半《なか》ばでした」

「独立する気になった理由《わけ》は？」

「わたし、自分の工場を持つ気はなかったんですよ。停年までプレス工場でのんびりと働きたいと考えてたんです。ですが、兄は実弟が一介の工員では世間体が悪いと思ったようで、勝手に貸工場と賃借契約を結び、中古の機械一式を購入しちゃったんですよ」

「一言も相談なしで？」

「ええ、そうです。兄は子供のころから、わたしを従わせてきたんです。少しでも逆《さか》らうと、暴君みたいになっちゃうんです。だから、小学生のときから兄を嫌ってました」

　矢部が言った。目が攣《つ》り上がっていた。

「独立資金は実兄が出してくれたんだね？」

「とんでもない。おふくろに全額出させたんですよ。そのころ、母は死んだ親父名義のアパートや貸店舗を相続してましたんで、サラリーマンの平均年収以上の家賃収入があったんです」

「小金《こがね》を持ってたわけか」

「ええ、まあ。わたしが独立した際《さい》に母親の援助を受けたんだから、おふくろが病死したとき、兄はわたしに遺産相続権を放棄《ほうき》しろと迫ったんです。そんなばかな話はありませんよね？」

「そうだな」

「だから、わたし、裁判を起こしたんですよ。そしたら、兄はおふくろの遺産をきれいに分けてもいいと折れたんです。そんなとき、家内が兄と密会してる事実を知ったんです。二人は三年もダブル不倫をしてたんですよ。とても赦《ゆる》せることではありません」

「奥さんと兄貴を憎むのはわかるが、義理の姉さんと二人の甥まで手にかけることはなかったろうが？」

「坊主憎けりゃ、なんとかですよ。ただ、義姉と甥たちまで巻き添えにしたことは後ろめたく思ってます。だから、死刑になってもかまわないんです。命乞《ご》いなんかしませんよ。むしろ、早く執行してもらいたいぐらいです。もちろん、絞首室で見苦しく泣き叫んだりしないつもりです。ご馳走《ちそう》を平らげ、ケーキや練《ね》り菓子を喰《く》って潔《いさぎよ》く散りますよ」

「仮定の話だが、死刑囚が脱獄できるチャンスが巡ってきたら、やはり逃げたいと思うだろうな？」

才賀は探りを入れた。

「ほかの連中はそう思うかもしれませんが、わたしは逃げませんね。五十過ぎて逃亡生活する元気はありません。この先、どうせ愉《たの》しいことなんかないでしょうからね」

「十六歳の娘さんがひとりいたと思うが、会いたくないのか？」

「娘にのこのこ会いに行ったら、きっと庖丁か何かで刺し殺されるでしょう。娘は母親をわたしが殺したんで、とても憎んでるんです。それに、娘の父親はわたしじゃないかもしれないんでね」

「兄貴の子かもしれないと考えてるんだ？」

「ええ。多分、間違いないでしょう。兄は玩具《おもちゃ》を取り上げるような気持ちで、わたしの女房を寝盗《ねと》ったんでしょうね。陰険な男でしたから、実際」

矢部が溜息混《ためいきま》じりに言って、口を噤《つぐ》んだ。

（この男と死刑囚の釈放を求めてる犯人とは何も接点がなさそうだな）

才賀は森川に目配せした。

森川が若い看守に指示して、矢部を独居房に引き取らせた。

次に連れてこられたのは、三十四歳の三橋芳史《みはしよしふみ》だった。元ニートの三橋は三人の少女を言葉巧みに自宅に連れ込み、強姦した末に浴槽の湯水に顔面を沈めて窒息死させた。被害者は、いずれも首都圏に住む小学四、五年生だった。

三橋が実家の離れで逮捕されたのは四年半前だ。殺された三人の被害者は、離れの床下《ゆかした》に埋められていた。遺体は、どれも半《なか》ば白骨化していた。

三橋は中二のとき、近所の幼女に強制わいせつ行為をして、東京鑑別所に入れられている。少年院送りにはならなかったが、性的な偏《かたよ》りは治らなかった。コンピューター関係の専門学校を卒業後、三橋はIT関連会社に就職した。

だが、三年弱で退社してしまった。その後は実家の離れに引きこもり、時たま夜警などのアルバイトをしていた。両親と姉は公立中学の教師だ。

向かい合った三橋は、妙に血色がよかった。赤い唇は、てらてらと光っている。

「看守の先生たち以外の人と話をするのは久しぶりです。なんか嬉しいな。どうせなら、美少女と会いたかったですけどね」

「まだロリコン趣味とは縁が切れてないようだな」

才賀は苦く笑った。

「それは、当然でしょ？　十歳前後のかわいい女の子は天使みたいですからね。おっぱいがでかくなったり、あそこに毛が生えたりしたら、もう終わりです。どんな女も成長したら、ただの牝豚《めすぶた》になっちゃいますからね。穢《けが》らわしいだけで、幻滅《げんめつ》ですよ」

「おれなんか、セクシーな女は大好きだがな」

「あなたは性的におかしいんです。大人になった女どもは、不潔ですから」

「生理のことを言ってるのか？」

「それだけじゃありません。乳首のメラニン色素が濃くなって、下の部分には毛なんか生えちゃう。なんか汚い感じでしょ？」

「そうは思わないな。それどころか、性的な興奮をそそられるよ」

「あなたは変態なんだ。あなただけじゃなく、ほとんどの男が歪《ゆが》んでるんですよ。少女の裸身が真に美しいんです。彼女たちは無垢《むく》だから、輝きを放ってるんですよ。それに気がつかない男たちは不幸だな」

「そうかね。おれはロリコン男こそ不幸だと思うがな。不幸もそうだが、罪深いだろうが？」

「そんなことはないでしょ？　ぼくが天国に送ってやった三人の女の子は、薄汚い大人になる前に芸術作品のように愛《め》でられたわけですから。ぼくは彼女たちの清らかさを誉《ほ》めちぎり、優しく抱いてあげたんです。なのに、あの子たちはぼくの体に爪《つめ》を立て、嚙《か》みついたんです。恩知らずもいいとこでしょ？　だから、ぼくは厭《いや》な大人になる前に三人を天国に行かせてやったんですよ」

「身勝手な言い分だな」

「ぼくの考えは法律や道徳とは相性《あいしょう》が悪いんです。しかし、ぼくは精一杯、彼女たちを慈《いっく》しんだんです。三人は、きっと深い愛を感じてくれたと思うな」

「おまえは、まともじゃない。二度も再審請求をしてるが、そんなに死刑が怖いのかっ」

「命は惜《お》しくありませんよ。天国に行けば、三人に会えるんですから。ただね、法律や道徳で人間の心を縛《しば》ることに反対なんです。それだから……」

「狂ってるな、おまえは。ところで、最近、誰かと手紙の遣《や》り取りをしたことは？」

「ありません。家族連名の手紙を貰ったのは、かれこれ一年近く前です」

「それは間違いありませんね？」

森川が口を挟《はさ》んだ。

「そうですか。もちろん、一般の接見は認められてませんね？」

「はい。六十八番、つまり三橋が外部の者と接触することは不可能です。それから、親族に反体制運動に関わってる人間もいません」

「そう」

「あなたの目的は何なんです？」

三橋が才賀の顔を直視した。

「単なる研修だよ」

「そんなはずないな。死刑囚に会って、何を探ろうとしてるんです？　場合によっては、協力しますよ」

「収監中の仲間の中で最近、急に表情が明るくなった奴はいるか？」

「そんな奴はいません。みんな、看守の先生方の足音に耳を澄まして、びくついてますよ。絞首室行きになるのは自分じゃないかってね。執行日の前日に死刑の日時を通告するのは、惨《むご》いと思うな」

「何日も前に通告されたら、取り乱す日数が多くなるだろうが？」

「それもそうですね。よく考えてみると、いまのやり方のほうがいいのかもしれません」

「ああ、多分な。ご苦労さん！　もう自分の房《ぼう》に戻ってもいいよ」

才賀は言った。三橋が拍子抜けした顔つきで椅子から立ち上がり、若い看守とともに看守室から出ていった。

「最後は並木稔《なみききみのる》、二十七歳です」

森川が言った。

「並木は蒲田《かまた》の消費者金融の営業所に押し入り、床にガソリンを撒《ま》いて放火し、居合わせた従業員と客の計六人を焼死させ、現金二百十七万円を強奪したんでしたね？」

「ええ、そうです。放火殺人罪及び窃盗罪で二年数カ月前に起訴され、一審と二審で死刑を求刑されたんです」

「確かそうだったな」

才賀は並木のファイルを捲《めく》り、顔写真を見た。

逮捕時に撮影された並木は、ふてぶてしい顔つきをしている。反省の色は、みじんもうかがえない。

少し待つと、並木が現われた。若い看守が並木を才賀の前に坐らせた。

「あんた、桜田門の刑事《デコスケ》なんだってな？　いまごろ取調べはねえだろう。おれは死刑確定囚なんだぜ」

「取調べじゃないんだ。ちょっと訊きたいことがあって、そっちに会わせてもらったんだよ」

「何かあったのか？」

「いや、別に。それより、そっちは遊ぶ金が欲しくて事件を起こしたんだな？」

「そう。おれ、都内の高校を出てから、ずっと水産会社で冷凍鮪《まぐろ》の積み出しをやってたんだ。フォークリフトを使って、防寒服にくるまってね」

「かなりきつい仕事だったんだ？」

「ああ、重労働だったよ。けど、給料は手取りで二十数万だったんだ。おれは昼食代と煙草代の五万円以外は毎月、おふくろに渡してた」

「お母さんは祐子《ゆうこ》という名で、五十一歳だね？」

才賀は確かめた。

「よく知ってるな。なんでえ、手許《てもと》に資料があるのか。ま、いいや。おふくろもレストランで皿洗いをやってたんだけど、十数万の給料だったから、おれ、サラリーをほとんど吐き出してたわけよ。古い賃貸マンションでも、家賃が十万円近かったからさ」

「おふくろさんと二人暮らしだったんだな？」

「そう。おふくろは、いわゆるシングル・マザーなんだよ。親父は妻子持ちだったんで、おれを自分の子と認知してくれなかった。けどさ、ビッグな親父なんだ」

「お母さんは、そっちの父親について、どう語ってたんだ？」

「大手スーパーの『コニー』って知ってるよな？」

「もちろん、知ってるさ。全国に百店舗以上のチェーン店を持ってるスーパーだからな」

「おふくろの話では、おれの父親は『コニー』の創業者で会長の川手彰一《かわでしょういち》らしいんだ。それを打ち明けられたのは、中一のときだった。びっくりしたし、誇りにも思ったよ」

「そうか」

「でもさ、すぐ頭にきたよ。親父はおれを認知したがらなかったらしいし、手切れ金も百万しかくれなかったんだってさ。おかげで、おふくろはおれを育てるのに苦労した。昼間は事務員をやって、夜はビル掃除の仕事をしてたんだ。おふくろが働いてる間、おれは近所の家に預けられてたんだよ。小二からは鍵っ子になったんだけどさ」

「いい母親じゃないか」

「ああ、おふくろには感謝してるよ。だからさ、給料の大半を家に入れても文句ひとつ言わなかったんだ。けどさ、まだ若いから、遊びたいじゃないか？　それでね、遊ぶ金はサラ金から借りるようになったんだよ。でも、年利二十七、八パーセントだったから、利払いだけでも大変だったんだ。いつの間にか、借金総額が五百万を超《こ》えてた。取り立てが厳しくなったんで、おふくろには内緒で川手彰一に手紙で五百万円の養育費をまとめて払ってくれって訴えたんだよ」

「それで？」

「なんの連絡もなかったね。それから半月ほど経《た》ってから、もう一度手紙を出したんだ。それでも、川手は何も言ってこなかった。おれはサラ金業者が取り立てにヤー公を差し向けてくるかもしれないと考えて、自棄《やけ》っぱちになっちゃったんだ」

「で、蒲田の事件現場を襲ったんだな？」

「そう。おれは炎が上がったら、消費者金融の従業員はすぐに店の外に逃げ出すと思ってたんだ。でもさ、六人とも竦《すく》んで動けなくなっちまった。だから、焼け死んじまったんだよ。奪った金はさ、借金の返済に充《あ》てるつもりでいたんだけど、テレビのニュースで六人が焼死したことを知って、どうせ逮捕《パク》られるだろうと思って、キャバクラ遊びとソープで有り金をはたいちゃったんだ。石和《いさわ》温泉で枕芸者とも遊んだな」

「そのあと、自首したんだな？」

「そうだよ。川手彰一が五百万の養育費を払ってくれてりゃ、こんなことにはならなかったんだ。薄情な父親だぜ」

並木が吐き捨てるように言った。

「親不孝したな。苦労して育ててくれた母親のことを考えなかったのか？」

「事件を起こしたときは、金のことしか考えてなかったな。けど、自首するときはおふくろを悲しませたことを深く悔《く》やんだよ」

「もう手遅れだな」

「ま、そうだね。おれは六人の男女を死なせたわけだから、絞首刑にされても仕方ないと思ってる。だけど、おふくろの先行きのことを考えると、死にたくないね。できることなら……」

「脱獄したいか？」

「そうだね。本気で脱獄の方法をあれこれ考えたことがあるんだ。でもさ、とても逃げ出せないよな？」

「塀《へい》の外にいる奴の力を借りたいと思ったことは？」

「それはあるよ。けど、力になってくれそうな知り合いもいないしね。仮にそういう人間がいたとしてもさ、ここにいたんじゃ、連絡もできない」

「それもそうだな」

「おふくろ、体があまり丈夫じゃないんだ。おれが死刑になったら、生活保護を受けなきゃ暮らしていけないだろうな。そんな惨《みじ》めな思いはさせたくないけどさ、いまのおれは何もしてやれない。おふくろのことだけが心残りだよ。なんとか川手におふくろの生活の面倒を見させたいと思ってるんだ」

「それをやれる自信でもあるのか？」

「ないこともないんだ。川手はたった一代でのし上がったわけだから、過去には危《ヤバ》いことをしてるかもしれないだろ？　こんなことになるんだったら、おふくろに若いころの親父の話を聞いとけばよかったよ」

「そっちの知り合いに爆薬に精《くわ》しい奴は？」

「いないね、そんな野郎は。それより、あんたの目的は何なの？」

「ただの研修だよ。もう結構だ」

才賀は並木に言って、森川に顔を向けた。

森川が目顔《めがお》で若い部下を促《うなが》した。看守が並木を椅子から立たせた。そのまま二人は看守室から消えた。

「森川さん、わたしがここに来たことは内分に願いますね」

「ええ、心得てますよ。しかし、東京ディズニーランドのレストランを爆破した奴は本気で死刑囚を三人ずつ釈放しろと言ったんでしょうか？」

「多分、本気なんでしょう。そのことも所長と保安課長のあなたしか知らないんで、それも内密にしておいてください」

「わかりました。何かお役に立ちましたか？」

「ええ、まあ」

才賀は曖昧《あいまい》に答えて、看守室を出た。一階に降り、拘置所の出入口に足を向けた。

面会申込所の横を通りかかると、中から声をかけられた。

才賀は立ち止まった。面会申込所から、旧知のジャーナリストの堀内重人《ほりうちしげと》が走り出てきた。

堀内は五十二歳で、五年ほど前まで夕刊紙の事件記者だった。彼は記者時代から暴力団絡みの事件を多く取材し、警察関係者やマスコミ人から〝極道記者〟と呼ばれていた。

もちろん、本人は筋者《すじもの》ではない。れっきとした堅気《かたぎ》だが、彼は好んでアウトローたちを取材対象にしていた。社会の底辺で無器用な生き方をしている男女に、ある種のシンパシーを懐《いだ》いているにちがいない。

堀内は暴力団員の犯罪には手厳しかったが、彼らの人格は尊重している。相手を色眼鏡《いろめがね》で見ることはなかった。出自《しゅつじ》や学歴で、やくざを見下すことはなかった。それでいて、ことさら正義漢ぶったりしない。

そうした人柄が裏社会のボスたちに好《す》かれ、堀内は暗部までペンで暴《あば》いていた。だが、やくざに恨まれることはなかった。実に味のある人物だ。

堀内は並の暴力団係刑事よりも、はるかに闇社会に精通していた。雑誌や新聞に寄稿するだけではなく、テレビの辛口《からくち》コメンテーターとしても活躍中だ。

「妙な場所で会うな。やっと職場に復帰させてもらえたのか？」

「そうじゃないんです。あんまり退屈なんで、知り合いの刑務官のとこに遊びに来たんですよ」

「ほんとかね？　休職中の割には、事件現場でよくバッティングしてるな。おれは、才賀ちゃんが何か特別な任務をこなしてると見てるんだが、どうなんだい？」

「考えすぎですよ。堀内の旦那こそ、ここには何をしに来たんです？」

「恐喝で起訴された老博徒《ろうばくと》の聞き書きのインタビューだよ」

「よく面会を許されましたね？」

「おれはあちこちに貸しがあるから、刑務官も便宜《べんぎ》を図ってくれるんだ」

「そういう裏取引はよくないなあ。いつか告発してやらなきゃ」

「よく言うよ、おれよりもうまく立ち回ってるくせに。一時間ぐらい近くで時間を潰《つぶ》してくれたら、うまい酒を奢《おご》るよ」

「せっかくだけど、これからデートなんです。近いうちに、ゆっくりと酒を酌《く》み交わしましょう。それじゃ、また！」

才賀は言って、そそくさと東京拘置所を出た。午後三時を回っていた。

裏通りまで歩き、覆面パトカーに乗り込んだ。車内で紫煙《しえん》をくゆらせていると、彦根から電話がかかってきた。

「いま別働隊のメンバーの報告を受けたんだが、大伴梨沙はホテルの地下駐車場で中国人と思われる二人組に車で連れ去られたことがわかった。ホテルの利用客が犯行を目撃してたんだ」

「その目撃者は、逃げる車のナンバーを読み取ったんですね？」

「残念ながら、末尾の6しか憶《おぼ》えてないというんだ。車種は灰色のエスティマだったらしいよ」

「そうですか」

「拘置所で何か収穫は得られたのか？」

「これといった手がかりは摑めませんでした」

才賀は経過を手短に伝え、すぐに梨沙の携帯電話をコールしてみた。やはり、電源は切られたままだった。

4

事件現場は更地《さらち》になっていた。

雑草だらけだ。矢部有作の実家である。北区赤羽《あかばね》二丁目の外れだ。敷地は八十坪前後だろう。

才賀は東京拘置所を出た後、別働隊のメンバーに梨沙のパンプスを手渡した。梨沙と自分のほかに犯人の指紋が付着しているかもしれないと考え、鑑識課に回してくれるよう頼んだのである。それから、矢部の生まれ育った家を訪れた。

家屋《かおく》はもちろん、塀《へい》まで取り壊されていた。道路側に売地と書かれた立て札が見えるが、だいぶ文字は薄れていた。

一家四人が殺害された事件現場である。安値でも、なかなか買い手がつかないのだろう。

才賀は新聞記者を装って、近所の聞き込みを開始した。

死刑囚の矢部の話は事実だった。彼の死んだ実兄は子供のころから、弟を支配していた。何十年も抑圧《よくあつ》されつづけてきた矢部は自分の妻まで兄に奪われ、ついに理性を忘れてしまったのだろう。

加害者に同情したくなるが、あまりにも愚《おろ》かな凶行だ。近所の人たちと矢部の幼馴染《おさななじ》みたちに会ってみたが、爆破犯と結びつくような証言は得られなかった。

才賀はフォード・エクスプローラーに乗り込み、矢部が犯行前まで住んでいた住居付きの貸工場に向かった。目的地は足立区江北《こうほく》一丁目である。

十五、六分で、その場所に着いた。そこは月極《つきぎめ》駐車場になっていた。事件後、矢部の娘は母方の伯母宅に身を寄せ、半年後に上野のパチンコ店の寮に移っている。

才賀は新聞記者になりすまして、付近で聞き込みをした。

同じ通りにある金型《かながた》工場の主《あるじ》の話によると、矢部は犯行前に『青狼《せいろう》の牙《きば》』という過激派グループにカンパをしていたらしい。そのセクトは爆破テロを重ね、三十数人のメンバーは全員、潜伏中のはずだ。

（単なるシンパに過ぎなかったと思われる矢部のために、過激派のセクトが死刑囚の釈放を求めたとは考えにくいな。しかし、一応、娘に会って、矢部と『青狼の牙』との関係を探ってみよう）

才賀は覆面パトカーを上野に向けた。

いつしか町は夕陽に染まっていた。捜査資料によれば、矢部のひとり娘の幸恵《ゆきえ》はアメヤ横丁裏のパチンコ店『パラダイス』で働いている。

およそ三十分後に、その店を探し当てた。

才賀はルポ・ライターを装って、店長に幸恵を呼んでもらった。驚くほど地味な少女だった。顔立ちは、父親とはあまり似ていない。

才賀は、矢部の娘を店の前の道端に連れ出した。

「店長がルポ・ライターの方と言ってたけど、なんの取材なんですか？」

「死刑囚たちに取材させてもらってるんだ。それで、お父さんのことをいろいろ教えてほしいんだよ」

「悪いけど、取材には協力できません。わたし、あいつのことを殺してやりたいぐらいに憎んでるんです。だって、あの男は大好きだった母を殺したんですから」

「時間は取らせないよ。お父さんが『青狼の牙』という過激派セクトにカンパしてたという話を聞いたんだが、それは事実だったのかな？」

「だと思います。あいつが生活費の中から五万円もカンパしたとかで、母がすごく怒ってたことがありましたから」

「定期的にカンパしてたの？」

「それはわかりません。ただ、あの男は社会のシステムをそっくり変えないと、一般大衆は幸せになれないとよく言ってましたから、反体制派なんだと思います。理想的なことばかり言ってたけど、あいつは最低です。自分の妻と実兄一家の四人を殺害したんですから」

「犯行はよくないことだが、お父さんがキレたくなった気持ちもわかるよな。実の兄貴に奥さんを奪《と》られたわけだから」

「あの男が母を大事にしなかったから、浮気されたんだわ。あいつは母の誕生日も結婚記念日も忘れるような奴だったんです。そんな夫には愛想が尽《つ》きちゃうでしょ？　わたしの人生も、めちゃくちゃにされたんです。父親面《づら》されたら、迷惑です」

「しかし、父親は父親だろうが」

「わたし、子供に恵まれなかった中年夫婦の養女にしてもらうつもりなんです。そうしたら、姓が変わるでしょ？　一日も早く矢部姓を棄《す》てたいの」

幸恵が言って、店の方に目をやった。明らかに迷惑顔だった。

「仕事中に悪かったね。ありがとう！」

才賀は謝意を表し、矢部の娘を店内に戻らせた。

（矢部が過激派のシンパだったことは確認できたが、やっぱり、『青狼の牙』が死刑囚たちを釈放させたがってるとは思えないな）

才賀は五、六十メートル歩き、覆面パトカーに乗り込んだ。

次に向かったのは、三橋の実家だった。めざす場所は港区内にあったが、すでに三橋の両親と姉は転居していた。転居先を知っている隣人はいなかった。

（殺人者が社会から弾《はじ》き出されても仕方がないが、その家族まで白い目で見られるのは辛いよな。身内であっても、それぞれ人格が異《こと》なるわけだから、逆に温かく見守るべきなんだが……）

才賀は何か割り切れない気持ちを抱えながら、聞き込みに取りかかった。

三橋の評判はよくなかった。しかし、ロリータ・コンプレックスを持つ男が不穏《ふおん》な組織と関わっているという噂は出てこなかった。三橋の背後関係をいくら探っても、何も出てこないだろう。

いつの間にか、外は暗くなっていた。朝から何も食べていない。さすがに空腹感を覚えた。

才賀は近くにある和風レストランに入り、御膳《ごぜん》定食を頼んだ。天ぷらの盛り合わせとお造りのほかに小鉢《こばち》が三つ付いていた。茶碗蒸《む》しも添えてあった。デザートは苺《いちご》だった。

才賀は十分そこそこで食べ終え、両切りピースを吹かしはじめた。

ふた口ほど喫《す》ったとき、懐で携帯電話が打ち震えた。店に入る前にマナー・モードに切り替えておいたのである。

発信者は別働隊の若手メンバーだった。

「鑑識の結果が出ました」

「どうだった？」

「例のパンプスからは女性の指紋、それから才賀警部のものしか検出されませんでした」

「そう。無駄だったか」

「ええ。しかし、別のメンバーが事件現場のホテルの地下駐車場で中国製の煙草『中南海』の吸殻《すいがら》を一本見つけました。エレベーター・ホールから七、八メートル離れたコンクリート支柱のそばに落ちてたんです」

「その遺留品《いりゅうひん》も鑑識に回してくれた？」

才賀は早口で訊いた。

「はい。これで、大伴梨沙さんは中国系の二人組に拉致されたことは間違いないと思います。『中南海』は国内でも手に入りますが、まずい煙草ですから、わざわざ日本人が好んでは喫わないでしょう？」

「おれも一度喫ったことがあるが、確かにうまくなかったな。それに梨沙をエスティマに押し込んだ二人の男も中国語を話してたという目撃証言があるから、実行犯が日本人じゃないことは間違いないだろう」

「ええ、そうですね」

「しかし、そいつらが香港マフィアの一員なのか、日本に不法残留してる不良中国人なのかどうかはわからない」

「『中南海』の吸い口に唇紋や指紋が付いてたとしても、身元の割り出しは難しいかもしれませんね。なにしろ、中国人の密入国者は万単位と言われてますから」

「そうだな。しかし、一応、鑑定を急がせてくれ」

「わかりました」

相手が電話を切った。

才賀は携帯電話を上着の内ポケットに戻し、テーブルから離れた。手早く支払いを済ませ、店の広い駐車場に向かった。

エクスプローラーの運転席に坐ったとき、脳裏に不快な情景が浮かんだ。それは、梨沙が辱《はずか》しめられているシーンだった。

両手首を後ろ手に縛られた梨沙は全裸で床に這《は》わされ、二人の男に嬲《なぶ》られていた。彼女の前に立った男はフェラチオを強要している。後ろに回った男は梨沙を背後から貫《つらぬ》き、荒々しく腰を躍《おど》らせていた。

単なる妄想《もうそう》だった。しかし、若い女性が監禁された場合、性的な暴行を受けることが多い。梨沙だけ無傷でいられるとは考えにくかった。

(犯人どもが彼女をレイプしたら、ぶっ殺してやる!)

才賀は車のエンジンを始動させ、捜査資料で並木稔の母親の自宅の住所を確認した。

息子が事件を起こすまで、並木母子は大田区大森三丁目の賃貸マンションに住んでいた。その後、母親は目黒区緑ケ丘のアパートに引っ越している。

才賀は車を走らせはじめた。

並木祐子の自宅アパートに着いたのは、午後七時過ぎだった。軽量鉄骨造りの二階建てアパートは、だいぶ旧《ふる》かった。

才賀はエクスプローラーをアパートの近くに駐めた。祐子は一階の奥の一〇五号室に住んでいるはずだ。

才賀は『緑ケ丘ハイム』の敷地に入り、集合郵便受けを覗いた。

一〇五号室のメール・ボックスは空だった。死刑囚の母親は自分の部屋にいるようだ。

才賀は奥の角部屋の前まで進み、一〇五号室のインターフォンを鳴らした。

ややあって、スピーカーから中年女性の声で応答があった。

「新聞の勧誘でしたら、結構です」

「警察の者です。息子さんのことで、ちょっと話をうかがいたいんですがね」

才賀は小声で告げた。ドア越しに、狼狽の気配が伝わってきた。

「お手間は取らせません。ご協力願います」

「わかりました」

スピーカーが沈黙し、玄関ドアが開けられた。顔を見せたのは、五十年配の女性だった。顔立ちは割に整っているが、生活の疲れが感じられた。

「あなたが並木祐子さんですね？」

才賀は問いかけ、顔写真付きの警察手帳をちらりと見せた。すると、祐子が声をひそめた。

「入って！　中に入ってください。アパートの人たちに話を聞かれたくないの」

「わかりました。それでは、お邪魔します」

才賀は狭い三和土《たたき》に入り、後ろ手にドアを閉めた。

部屋の主が不安そうな表情で玄関マットの上に正座した。ダイニング・キッチンは六畳ほどの広さで、右側にトイレと浴室が並んでいる。外廊下側に流し台があった。奥の居室《きょしつ》は和室だった。

六畳間だ。安っぽいデコラ張りの座卓が見える。家具は少なかった。

「息子が拘置所で何か問題でも起こしたんでしょうか？」

「そうではないんですよ。具体的なことは明かせませんが、正体不明の脅迫者が東京拘置所に収監されてる九人の死刑囚を三人ずつ断続的に釈放しろと要求してきたんです。それで、最初の三人を明日の午後十一時までに自由にしろと言ってるんですが、その中に稔さんが入ってるんですよ」

「誰がいったい途方もないことを要求したのかしら？　死刑囚の中に新興教団の教祖か、暴力団の大親分でもいるんですか？」

「そういう大物はいません」

「誰が、どんな目的で九人の死刑囚を釈放させたがってるんでしょう？　脅迫者は、きっと死刑制度に反対してるのね」

「脅迫メールの差出人は『死刑制度廃止を望む市民連合会』となってましたが、それはもっともらしい架空の名称でしょう。公安部のリストには、そんな名の市民運動団体は載ってないんですよ」

「そうなんですか。それはともかく、その犯人は無差別テロか何か起こして、息子たち九人を釈放しろと国に要求してきたのね？」

祐子が確かめた。

「ええ、まあ。多くの市民が犠牲になったら、法務大臣は犯人側の要求を無視できなくなるでしょう。そこで単刀直入にうかがいますが、息子さんは極左《きよくさ》セクトとつき合いはありませんね？」

「はい。稔にイデオロギーなんかないはずよ。それに、考え方は保守的ですから、そういう人たちと接触したことはないはずです」

「オカルトめいた宗教団体と関わりを持ったこともないのかな？」

「ええ」

「裏社会の大物の弱みを握ってるとは考えられませんか？」

才賀は畳みかけた。と、祐子が急に伏し目になった。

「息子さん、見てはならない場面を目にしたのかな？　たとえば、広域暴力団の組長か誰かが子分に不都合な人間を始末させてるとこを目撃したとか……」

「稔は遊び好きでしたが、やくざ連中を嫌ってましたから、そういう人たちに近づいたことはないと思います」

「そうですか。息子さんの父親のことを少しうかがわせてください。認知はされてませんが、稔さんの実父は『コニー』の川手彰一会長なんでしょ？」

「プライバシーに関することですので、お答えできません。わたしがシングル・マザーであることは事実です。それから、昔風に言えば、稔は私生児ってことになるんでしょうね」

「息子さんはサラ金の返済に困って、川手氏に二度手紙を出したようですよ。自分の養育費として、五百万を一括《いっかつ》で払ってくれとね。しかし、梨《なし》の礫《つぶて》だったそうです」

「あの子が、息子がそんなことをしてたなんて、まるで気づかなかったわ」

「稔さんはあなたが金銭的に苦労されてるんで、自分からはサラ金の取り立てが厳しくなったことを言えなかったんでしょう。で、父親に無心する気になった。しかし、先方には無視されてしまった。追いつめられた息子さんは蒲田の別の消費者金融の店に押し入って……」

「稔があなたにそう言ったんですか？」

「ええ」

「そうなの。川手に泣きついたなんて、わたしには一言も言わなかったのに」

「息子さんは、あなたを二重に傷つけたくなかったんでしょうね」

「それ、どういう意味なんです？」

「川手氏は稔さんを実子として認知しなかったばかりではなく、あなたにも百万ほどの手切れ金しか渡さなかった」

「あの子は、そんなことまで刑事さんに話したんですか⁉　なんだか信じられません」

祐子は驚きを隠さなかった。

「息子さんは、川手氏のことを薄情だとも言ってましたよ。それから、自分が死んでからのことも心配してました。あまり健康ではない母親が暮らしに困るんじゃないかとね」

「あの子、ぶっきらぼうな物言《ものい》いしかできないけど、すごく母親思いなんですよ」

「それは、あなたが女手ひとつで懸命に彼を育て上げたからでしょう。心の中では、母親に深く感謝してたんだと思うな。物心つくようになってからは、ずっとね」

「そうなのかもしれません。でも、稔が川手を恨むのは筋違いだわ。わたしが勝手に奥さんのいる川手を好きになって、稔を産んだんです。彼は中絶してくれと言ったんだけど、わたしはどうしてもお腹の子を産みたかったの。川手とは一緒になれなくても、彼の子を得られれば、それで満足だったんです。だからね、彼は別れるときに十年は母子が暮らせるだけの手切れ金を用意してくれたの」

「しかし、あなたは百万しか受け取らなかった？」

「ええ、そうなの。大金を受け取ったら、川手との恋愛が薄汚くなってしまう気がしたからなんです」

「そうだったんですか」

「川手は稔を実子として認知してくれなかったけど、あの子のことはいつも気にかけてくれてたの。それで稔が事件を起こしたときは本人が直《じか》に連絡してきて、優秀な弁護士を何人も雇ってくれると言ってきたんです。死刑判決が下ったときも電話をくれて、稔が大それた犯罪に走ったのは自分に大きな責任があるから、本人に土下座して詫びたいとも言ってくれたんですよ」

「そういう気持ちがあったんなら、当然、川手氏は息子さんと一度は接見されてるわけですね？」

「いいえ。川手には社会的な立場もありますから、そういうことは……」

「成功者に隠し子がいるケースは、よくあります。本妻は面白くないでしょうが、こっそり稔さんに会いに行くぐらいはできたんじゃないのかな？」

「川手は中小企業の社長ではないんです。パート社員を含めれば一万五千人の従業員を抱える『コニー』の会長なんです。やはり、世間やマスコミの目は気になるでしょう。ですから、わたしは川手を少しも不誠実な男性《ひと》とは思いません」

「そうですか」

「まさか川手が……」

「差し支《つか》えなかったら、言いかけたことを話してみてくれませんか」

才賀は頼んだ。

「そんなことはないと思うけど、もしかしたら、川手が稔に直接これまでのことを謝りたくて、犯罪のプロたちを雇い、九人の死刑囚を釈放しろと要求したんじゃないかと考えたんですよ。息子だけを釈放しろと言ったら、じきに実行犯の背後関係を警察に割り出されてしまうでしょ？」

「ええ、そうですね。首謀者が川手氏だってことは、すぐにわかるでしょう」

「そうよね。頭の回転の速い川手がそんなことを考えるわけはないわ。わたし、おかしいわね」

「荒唐無稽《こうとうむけい》な話ですが、成功者なら、それぐらいのことはできるかもしれない」

「刑事さん、やめてください」

「川手氏が心の底から稔さんに済まないことをしたと考えてるとしたら、土下座して詫びるだけじゃなく、息子さんを国外に逃がしてやりたいと思うんじゃないのかな？　仮にわたしが川手氏だったら、そこまでやっちゃうだろうな」

「もうよしましょうよ、ほんとに。ばかげた想像をしてしまったわ。そうするために、九人全員を釈放しろなんて要求をするわけありませんよ」

「犯人側は、三人ずつ死刑囚を釈放しろと言ってきてるんです。息子さんは最初の三人の中に入ってる。あなたが言ったことは、まるでリアリティのない話じゃありませんよ」

「川手は個人的なことで社会を混乱させるほど無責任な人間じゃないわ」

「ええ、そうかもしれないな。それはそうと、息子さんがちょっと気になることを言ってたんですよ」

「どんなことを言ってたんです？」

「その気になれば、あなたの今後の暮らしを保障できなくもないというニュアンスのことをふと洩《も》らしたんです」

「なんで、そんなことを言ったのかしら？」

「息子さんは川手氏の致命的な弱みでも知ってるんですかね？」

「川手にそんな弱みはありませんよ。商才に恵まれてるから、商売仇には逆恨《さかうら》みされてるでしょうけど、犯罪になるようなことは絶対にしてません。ええ、そう言い切れます」

祐子が不自然なほど言葉に力を込め、また目を伏せた。

（川手彰一をこれほどまでに強くかばうのは、なぜなんだろうか。並木母子が『コニー』の創業者に特別に大切にされたとは思えない。祐子が何かを隠そうとしてるように映るのは、気のせいなのか）

才賀は自問自答した。

「わたし、明日は早出《はやで》なんですよ。ここに引っ越してきてから、わたし、パン工場で働いてるんです」

「そうなんですか」

「早出のときは、始発電車で出勤してるの。だから、夕食を摂《と》って入浴し、午後十時には寝床に入ってるんですよ」

祐子が言いながら、勢いよく立ち上がった。

才賀は苦く笑って、一〇五号室を出た。

第二章　仕組まれた交通事故

1

叫び声を発したのは自分だった。

才賀は跳《は》ね起き、額の寝汗を拭《ぬぐ》った。

自宅マンションの寝室である。梨沙が電動鋸《のこぎり》で首を切断される夢を見たのだ。

(厭《いや》な夢を見たもんだ)

才賀は胸奥《きょうおう》で呟《つぶや》き、サイド・テーブルの上の携帯電話のサブ・ディスプレイに目をやった。午前十一時を数分回っていた。

前夜は並木祐子のアパートを辞去すると、いつものように『エンパシー』に寄った。行方のわからない梨沙のことを考えると、いたずらに焦躁感《しょうそうかん》が強まった。そんなことで、ついつい深酒してしまったのである。

才賀は携帯電話を摑み上げ、梨沙の短縮番号を押した。

しかし、やはり電話はつながらなかった。梨沙はどこで、どんなふうに監禁されているのか。中国人と思われる拉致犯たちは、すでに梨沙の体を穢《けが》してしまったのか。

そんなことはあってほしくない。だが、避けられないことのように思われる。

仮に梨沙が男たちに犯されたとしても、彼女を責める気はない。不可抗力だ。梨沙に落ち度はない。

体の汚れは落とせる。しかし、問題は心の傷だ。どうケアすべきなのか。

(それ以前に、梨沙を生きてるうちに救い出してやらないとな)

才賀はベッドから離れた。

パジャマのままで居間を横切り、ダイニング・キッチンの向こうにある洗面所に歩を運ぶ。冷たい水で、ダイナミックに顔を洗った。頭がすっきりしてきた。

才賀はダイニング・キッチンでコーヒーを淹《い》れ、手早くサンドイッチを作った。ミックス・サンドだ。

気が向いたときは、本格的な料理をする。だが、ふだんはレトルト食品を電子レンジで温めることが多い。

しかし、後片づけは苦手だった。汚れた食器を幾日《いくにち》も放置し、黴《かび》だらけにさせたことは数え切れない。

そんなときは、きまって誰か女性と暮らしたくなる。だが、いつも思うだけだった。この世に完全無欠な人間などいない。たとえ死ぬほど惚《ほ》れた女でも生活を共にしていたら、次第に短所や欠点が気になってくるだろう。相手も同じにちがいない。そうなれば、必然的に感情の行き違いが生まれる。

もともと人の心は移ろいやすいものだ。

恋愛感情も変質する。永遠《とわ》の愛があるとすれば、それは大人同士のプラトニック・ラブだけだろう。男女が体を晒《さら》し合ったら、やがて心まで剝《む》き出しにし合うことになる。そうなれば、お互いに感情のブレーキが利かなくなってしまう。同じ相手と生涯添《そ》い遂《と》げようとすること自体、不自然なのではないか。

そう考えている才賀は、誰とも結婚する気はなかった。

ただ、好きな女と何年か濃密な生活を共にしたいとは思っている。お互いに心がときめかなくなったら、同棲生活にピリオドを打つ。そのほうが誠実だし、パートナーを思い遣《や》っていることになるのではないだろうか。

才賀はコンパクトなダイニング・テーブルについて、サンドイッチを頰張りはじめた。サラダ菜が少し瑞々《みずみず》しさを失いかけていたが、サンドイッチはまずくなかった。

ブラック・コーヒーを二杯飲み、煙草をゆったりと喫《す》った。食器を洗っていると、寝室で携帯電話の着信音が響きはじめた。

（梨沙が自力で監禁場所から逃げたのか）

才賀はベッド・ルームに駆け込み、携帯電話を手に取った。発信者は、別働隊の若いメンバーだった。

「『中南海』のフィルターから検出された指紋は、国際指名手配中の香港マフィアの陸許光《ルーシェグァン》という四十三歳の男のものでした」

「もっと詳しく教えてくれ」

「はい。陸《ルー》は香港の最大勢力である十四K《サッセイケイ》の中核組織『紅龍会《ホンロンホイ》』の幹部で、四年前にホンジュラス国発行のパスポートで日本に入国して、密入国した子分たちに窃盗をやらせてたんです」

「香港窃盗団のリーダーだったんだな？」

「ええ、そうです。陸《ルー》は手下にベンツを手当たり次第に盗《ギ》らせ、それを台湾の故買屋グループに売り捌《さば》いてたんです。それから産業廃棄物の輸出入でひと儲けする考えだったみたいで、仕切り場にも出入りしはじめたんです」

「産廃物を日本から多く集めてるのは、確か上海《シャンハイ》マフィアだったと思うがな」

「ええ、その通りです。で、陸《ルー》は仕切り場で上海マフィアたちに青龍刀で斬られそうになったんですよ。そのとき、陸《ルー》は隠し持っていた拳銃で三人の相手を撃って、さらに日本人の仕切り場の従業員にも怪我を負わせたんです」

「それで、いったん香港に戻ったわけか」

「犯行後の足取りは裏付《ウラ》けが取れてませんが、いったん香港に戻ったんでしょうね。それで、また偽造パスポートで日本に潜《もぐ》り込んだんだと思います」

「だろうな。その陸《ルー》が梨沙の拉致事件に関与してるとなると……」

才賀は桐谷弁護士のことを口にしそうになったが、思い留《とど》まった。極秘任務を蔑《ないがし》ろにしていると受け取られたくなかった。加えて、なんとか自分の力で梨沙を救い出したいという気持ちが強かったからだ。

「陸《ルー》の背後にいる人物に心当たりがあるんでしょうか？」

「特に思い当たる人物がいるわけじゃないんだよ。ただ、中国租界と言われる歌舞伎町《かぶきちょう》の一部は上海《シャンハイ》グループと福建《フーチエン》グループの二派が支配してるから、香港出身の流氓《リュウマン》が進出する余地はないだろうと思ったんだ」

「ええ、そうですね。ひょっとしたら、陸《ルー》は日本人の誰かに頼まれて、梨沙さんを引っさらったのかもしれません」

「その可能性もありそうだな」

「そうだとしたら、そいつは何らかの形で香港の『紅龍会《ホンロンホイ》』とつながりがあるのではないでしょうか？」

「だろうな」

「自分、そのあたりのことを少し探ってみます」

相手がそう言って、電話を切った。

才賀は終了キーを押し、携帯電話をベッド・サイドのテーブルの上に置いた。数秒後、着信ランプが瞬《またた》きはじめた。

電話をかけてきたのは、彦根刑事部長だった。

「ついさきほど衆議院第一議員会館の玄関ロビーが爆破された。幸いにも、怪我人は出なかったがね」

「『死刑制度廃止を望む市民連合会』と名乗った犯人が須崎法務大臣に電話で接触してきたんですね？」

「ああ、午前十時半過ぎにな。そのとき、法務大臣は三人の死刑囚の釈放を二、三日延ばしてほしいと頼んだらしいんだよ」

「相手が拒《こば》んだんですね？」

「無言で電話を切ったそうだが、そういうことだろうな。第一議員会館のエントランス・ロビーが爆破されたわけだから」

「負傷者が出なかったのは不幸中の幸いですが、犯人側をこれ以上、刺激するのはまずいと思います。野球の試合が行われてるときに東京ドームが爆破されたら、大変な惨事になりますからね」

「東京ドームには野球はもちろん、すべてのイベントを当分の間、控えてほしいと申し入れてあるんだ」

「そうですか。しかし、犯人側は指示に従わなかったら、都庁舎か六本木ヒルズあたりを爆破する気になりそうだな」

「そうだね。言い忘れていたが、きのうの東京ディズニーランドの事件で、死者が八人になった。重傷だった方が新たに三名亡《な》くなられたんだ。死者は、今後も増えるかもしれない」

「そうですね」

「そんなこともあって、法務大臣は犯人側の要求を呑《の》んで、今夜、三人の死刑確定囚を釈放すると決断されたんだ」

「仕方がないでしょうね。警視総監は本庁の急襲隊『SAT《サット》』を出動させるおつもりなんでしょうか？」

才賀は訊いた。

「法務大臣は『SAT《サット》』の隊員を小菅の東京拘置所周辺数キロに張り込ませてほしいと総監に要請したそうだが、それは得策ではないと申し上げたという話だった」

「そうですか」

「『SAT《サット》』の連中は人質救出や制圧のエキスパートだが、班単位で動いてるから、どうしても人目につきやすい」

「ええ、そうですね」

「警視総監が警察庁長官と相談して、超法規捜査の別働隊のメンバーを十人だけ隠密《おんみつ》で動かすことにした。指揮はわたしが執《と》ることになった。もちろん、才賀君には単独で動いてもらう」

「了解！」

「別働隊の十人は、わたしのとこに情報を報告することになってる。きみには、わたしが直《じか》に指示を与えるよ」

「わかりました。それで、矢部有作、三橋芳史、並木稔の三人はいつ釈放することになったんでしょう？」

「タイム・リミットは今夜十一時だが、三人を九時に東京拘置所から出すことに決定したんだ」

「刑事部長、タイム・リミットよりも二時間も早く死刑囚たちを釈放する気になった理由は？」

「それはね、こちらが犯人の脅しに屈してると見せかけるためだ。タイム・リミットぎりぎりまで粘ったら、敵に何か水面下で画策してると思われる」

「なるほど、そういうことだったのか」

「犯人側は当然、こちらの動きを探りに東京拘置所の周辺に複数の偵察を送るはずだ。それらしき不審者がいたら、身柄を押さえて、徹底的に締め上げてくれ。もちろん、いくら発砲してもかまわない」

「わかりました」

「夜まで時間はだいぶあるが、すぐ小菅に向かってくれ。それから、現場に到着したら、ただちに一報してくれないか」

「はい」

「基本的には警察無線で交信しよう。覆面パトカーから出たら、携帯電話を使うように」

「了解！」

「では、いったん通話を切るぞ」

　刑事部長の声が途絶えた。

　才賀は急いで外出の支度《したく》をして、ほどなく借りている部屋を出た。フォード・エクスプローラーに乗り込み、甲州街道に向かった。

　小菅に到着したのは、およそ五十分後だった。

　才賀は現地に着いたことを彦根刑事部長に連絡した。すでに別働隊の十人はそれぞれ所定の位置に張り込み、怪しい人物の有無をチェックしはじめているらしい。

　才賀はコンビニエンス・ストアで食べ物とペットボトル入りの飲料水を買い込み、東京拘置所の周りを変則的に巡《めぐ》った。

途中で、別働隊のメンバーを何人か見かけた。むろん、誰にも声はかけなかった。また、わざと覆面パトカーを幾度か路肩《ろかた》に寄せた。ひっきりなしに車を走らせていると、犯人側に看破《かんぱ》されやすいからだ。

才賀は休み休みにエクスプローラーを走行させつづけた。しかし、気になる不審者はどこにもいなかった。

そうこうしているうちに、陽《ひ》が傾いた。

（いくらなんでも、敵の偵察が出没する時刻だろう）

才賀は焼肉弁当を搔《か》っ込むと、またもや東京拘置所の周辺を回りはじめた。徐々に円を小さくし、拘置所の外周路に接近する。

それから間もなく、才賀は拘置所の正門と裏門の近くの裏通りにスケート・ボードを操《あやつ》っている十代半《なか》ばの少年たちが七、八人いることが気になった。いずれも、十五、六だった。

彼らはスケート・ボードを滑《すべ》らせながら、路上に駐めてある車のナンバー・プレートを見ている。

（きっと警察車輛《しゃりょう》が張り込み中かどうかチェックしてるにちがいない。警察車なら、ナンバーの頭に共通の平仮名が付いてるからな）

才賀は覆面パトカーを道端に駐め、ごく自然に外に出た。

エクスプローラーから四、五十メートル離れ、人待ち顔でたたずむ。十分ほど経つと、真っ赤なTシャツを着た少年がスケート・ボードに乗って近づいてきた。下は草色のカーゴ・パンツだった。

少年はエクスプローラーの手前で、スケート・ボードを降りた。覆面パトカーのナンバー・プレートを覗き込み、にやりと笑った。

才賀は少年が遠ざかってから、エクスプローラーに乗り込んだ。低速で、スケート・ボードの少年を追尾する。

少年は数百メートル先の児童公園の際《きわ》で、スケート・ボードを停止させた。スケート・ボードを路上に置いたまま、公園内に走り入った。

才賀は急いで覆面パトカーをガードレールに寄せ、児童公園まで駆けた。フェンス越しに園内をうかがう。

スケート・ボーダーはブランコのそばに立っていた。ブランコを漕《こ》いでいる四、五歳の幼女に何か訊いている。相手が何か答えながら、首を横に振った。

少年が首を傾《かし》げながら、出入口に向かって歩いてくる。才賀は園内に足を踏み入れ、少年の行く手を阻《はば》んだ。

「何だよ、急に立ち塞《ふさ》がってさ」

少年が口を尖《とが》らせた。

「ちょっと確認したいことがあるだけだ。きみは、さっきフォード・エクスプローラーのナンバー・プレートを覗き込んでたよな？」

「えっ!?」

「誰かに頼まれて、警察の人間が張り込んでるかどうかチェックしてたんだろ？」

「そうじゃねえよ。おれ、エクスプローラーが好きなんだ。だからさ、近くで見てただけだって」

「その目は嘘《うそ》ついてるな」

「おれに喧嘩売ってんのかよ！　わけわかんないこと言ってると、足蹴《ゲソパン》り喰《く》らわすぞ」

「キックできるものなら、やってみな」

才賀は笑いながら、相手を挑発した。

少年が気色《けしき》ばみ、前蹴りを放ってきた。才賀は数歩退《さ》がり、すぐに前に跳《と》んだ。中段回し蹴りを見舞うと、少年は横に吹っ飛んだ。体を丸めて、ひとしきり唸った。

いかにも苦しそうだ。内蔵を傷《いた》めたのだろう。

「ガキを痛めつけたくなかったが、あまり時間がないんだ」

「あんた、何者なんだよ？」

「ま、想像に任せよう。それより、こっちの質問に答えないと、もっと痛い思いをすることになるぞ」

才賀は、苦痛に顔を歪めている少年を掴み起こした。少年の眼球が恐怖で膨れ上がった。

「もう乱暴なことはしないでくれよ。そうだよ、おれは警察の車かどうかチェックしてたんだ。おれたち、スケボー仲間が放課後、この公園に集合したときにさ、三十代ぐらいの細身の男が近づいてきて、東京拘置所の近くに警察の連中が張り込んでるはずだから、その位置を教えてくれって言ったんだ」

「そのとき、警察車輛の見抜き方を教えてくれたんだな？」

才賀は確かめた。

「そう。それで、おれたち全員に二千円ずつくれたんだよ。それでさ、覆面パトカーを見つけた者には別に三千円払ってくれるって話だったんで、おれたち八人は本気《マジ》で警察の車を探し回ったわけなんだ」

「何台見つけたんだ？」

「仲間みんなで、四台見つけたよ。そのうちの一台は、このおれがさっき探し当てたわけさ」

少年が得意そうに小鼻を膨らませた。

「それで、この公園で待ってる男から三千円貰うつもりだったんだな？」

「うん、そう。だけどさ、その細身の男は消えてたんだ。儲《もう》け損なったよ、おれ」

「その男の特徴を教えてくれ」

「ふつうのサラリーマンって感じだったよ。眼鏡はかけてなかった。背は百七十センチぐらいで、どっちかって言うと、弱っちい感じだったね」

「背広姿だったのか？」

「そう。茶系のスーツを着て、ちゃんとプリント柄のネクタイを締めてたよ。ワイシャツは確か白だったね」

「そいつは、なぜ警察の張り込みを気にしてるか理由《わけ》を話したのか？」

「ううん。そんなことは何も言わなかった」

「そうか。悪かったな。帰ってもいいよ」

才賀は少年の肩口を軽く叩《たた》いた。

少年は路上に走り出ると、スケート・ボードを小脇に抱えて駆け去った。才賀は覆面パトカーに戻り、無線で経過を彦根に伝えた。

彦根は敵に張り込みを看破された警察車輌のポジションを替えさせると告げ、さらに東京拘置所に三人の死刑囚が乗るタクシーを一台ずつ用意させたことも明かした。タクシーは、それぞれ会社が異《こと》なるらしい。

才賀は無線交信を終えると、偽のナンバー・プレートに変えた。これで、公用車であることはわからなくなったはずだ。

才賀は、また東京拘置所の付近一帯を巡回しはじめた。スケート・ボーダーたちに小遣いを与えた三十歳代の不審者はどこにもいなかった。別働隊のメンバーたちも犯人側の偵察は未《いま》だに見つけていないらしい。

彦根刑事部長から無線連絡があったのは、午後八時半過ぎだった。

三人の死刑囚は東京拘置所の裏門からタクシーに乗せるらしい。才賀は、東都タクシーに乗る並木稔を追えという指令を受けた。矢部と三橋の追尾は別働隊のメンバーに任せたという。

（犯人が三人のうちの誰かに接触することを期待しよう）

才賀は両切りピースを喫ってから、覆面パトカーを拘置所の裏門近くの路地に停めた。

数分過ぎてから、そっと車を降りる。路地の角まで進み、東京拘置所の裏門に視線を向ける。

三台のタクシーが縦列に並んでいた。東都タクシーは最後尾だ。車体はイエローとグリーンのツウトーン・カラーだった。

九時きっかりに三人の死刑囚が姿を見せた。

矢部、三橋、並木の順にタクシーに乗り込んだ。才賀は矢部を乗せたタクシーが走りだしてから、覆面パトカーに駆け戻った。

エクスプローラーを発進させ、一定の距離を保って、東都タクシーの車を尾行する。並木稔は、母親の自宅アパートに向かうのではないか。

マークした車が環七《かんなな》通りに出て間もなく、対向車線のトレーラーが急にスピードを上げた。そのままセンター・ラインを越え、並木の乗ったタクシーの横っ腹に突っ込んだ。タクシーはガードレールまで押され、大きくひしゃげた。

数秒後、車は炎に包まれた。タクシー・ドライバーと並木は車内に閉じ込められたままだった。

トレーラーの高い運転席から、南米系の顔立ちの背の高い男が飛び降りた。彼は幹線道路から横道に逃げ込んだ。

（あいつを追おう）

才賀は覆面パトカーを降りた。

ちょうどそのとき、東都タクシーの車が爆発音を轟《とどろ》かせた。並木たち二人は、巨大な炎の中にいた。

（なんてことだ）

才賀は横道に駆け込んだ。

しかし、逃げる外国人の姿は見当たらなかった。

窓がない。

地下室だった。虎の門にあるレンタルームだ。会議室として借りる客の大半は、地方や海外在住のバイヤーたちらしい。

別のレンタルームだが、振り込め詐欺集団がアジトに使っていた例もある。ＡＶの撮影場所にも利用されているようだ。

2

才賀は紫煙《しえん》をくゆらせながら、彦根刑事部長を待っていた。午後四時過ぎである。

釈放された並木稔が東都タクシーの運転手と共に車内で焼け死んだのは、さきおとといの夜だ。わざとタクシーに衝突したトレーラーは、事件の前日に台東区内で盗まれたものだった。

才賀は事件当夜、別働隊に後のことを頼み、すぐさま新宿に覆面パトカーを走らせた。逃げたヒスパニック系の男が大久保界隈《かいわい》に身を潜《ひそ》めているかもしれないと考えたからだ。

大久保界隈は、俗に裏歌舞伎町と呼ばれている。中国人、韓国人、タイ人、コロンビア人、ボリビア人などが国籍別に住み分け、いわば〝小さなアジア〟を形成しているエリアだ。不法残留者や密入国者たちが潜伏していることでも知られている。

無法地帯と言ってもいい。大久保の通称国際通りや付近のラブ・ホテル街には南米や中国出身の街娼が立ち、麻薬の密売が半《なか》ば公然と行われている。その気になれば、中国製のトカレフやブラジル製のロシーなど拳銃も実弾付きで手に入る。賭博場も多い。

大久保一帯のマンションやアパートの借り手の大半は、アジア人とヒスパニックだ。残りは日本人の飲食店従業員である。

才賀は一晩中、界隈を歩き回った。コロンビア人娼婦たちにひとりずつ声をかけ、彼女たちの用心棒兼ヒモのイラン人男性も呼びとめた。しかし、トレーラーを運転していたヒスパニック系の男に関する情報は得られなかった。

才賀はコロンビア、ボリビア、チリ、ブラジルなどの専門レストランを訪ね歩き、ラテン・パブもことごとく覗いた。しかし、無駄骨を折っただけだった。

逃げた男を知っている者がひとりもいないわけはない。多くの男女が問題の人物をかばう気になって、知らないと空とぼけたのだろう。

才賀は粘《ねば》って、中国人、タイ人、マレーシア人の男女にも同じ質問をしてみた。だが、結果は虚《むな》しかった。

その翌日から、別働隊の面々が大久保界隈を張り込み中だ。だが、並木たち二人を焼死させたヒスパニック系の犯人の行方は杳《よう》としてわからない。

才賀は煙草の火を消した。

その直後、彦根刑事部長が現われた。

「待たせてしまったね。すまん！　作戦会議がちょっと長引いてしまったんだ」

「その後、犯人は沈黙したままなんですね？」

才賀は訊《き》いた。彦根が黙ってうなずき、向かい合う位置に腰かけた。

「『死刑制度廃止を望む市民連合会』などというもっともらしい名称を使ってますが、実は単独犯だったのかもしれませんね」

「なぜ、そう思うんだ？」

「敵は矢部、三橋、並木の三人を最初に釈放しろと脅迫してきましたが、その後、残りの六人については何も言ってきません」

「そうだな」

「それから、さきおとといの夜に自由の身になった三人のうち、並木稔だけが死亡したことがどうも腑《ふ》に落ちません。犯人は並木だけを始末したかったんではないでしょうか？　しかし、彼ひとりを釈放しろと言ったら、犯行目的が透《す》けてしまいます」

「そうだね」

「そこで犯人は狙いをぼかすため、さも死刑制度に反対する集団が存在すると見せかけたんでしょう。事実、犯人側はヒスパニック系の男を使って、並木を乗せたタクシーにトレーラーをわざとぶつけさせてます」

「そのことなんだが、警察庁長官は才賀君の証言通りだとしたら、事がうまく運びすぎるとおっしゃってるんだよ。きみが言った通りだとすれば、ヒスパニック系の男は予《あらかじ》めトレーラーを環七通りの対向車線の路肩に寄せて、前方から東都タクシーを待ってたことになる」

「そうだったんでしょう」

「しかし、後続の車も走ってるわけだから、トレーラーは思うままには車線に飛び出せないんじゃないのかね？」

「断言はできませんが、トレーラーのすぐ後ろに後続車は見えなかったと思います。それから東都タクシーの前の車は四、五十メートル先を走行中でした。ですから……」

「トレーラーがセンター・ラインを乗り越えて、故意に東都タクシーにぶつかり、炎上させた？」

「ええ」

「ヒスパニック系の男が何かで気を奪《と》られてハンドル操作を誤った可能性も、全面的には否定できないのではないかと長官はおっしゃってるんだ」

「わたしは現場にいたんです。この目で、トレーラーがタクシーの車体めがけて突進してくるのを目撃してるんですよ。あれは、単純な運転ミスなんかじゃありません」

才賀は力《りき》んで言った。

「そう興奮するな。長官は、きみの証言を疑ってるわけじゃない。あくまで可能性の問題として、ハンドル操作にミスがあったのではないかと……」

「確かに見込み捜査に走るのはよくないことです。しかし、おれは、いいえ、わたしは並木稔を乗せたタクシーを尾行中だったんです。逃げた奴がわざと衝突事故を起こしたことは間違いありませんよ。首脳部が足を引っ張るんでしたら、わたしは今回の捜査から外してもらいます。好きな女が拉致されて、いまにも殺されるかもしれないんです。別働隊が追っ手になったら、死にもの狂いで闘って、大伴梨沙の救出に向かいます」

「頭を冷やせ！」

彦根が一喝《いっかつ》した。

「つい感情的になってしまいました。謝ります」

「いつものきみらしくないぞ。大事な女性の安否が気がかりなことはよくわかる。だがね、才賀君は特殊な極秘任務を遂行《すいこう》しなければならないんだ。彼女に万が一のことがあっても、きみは任務を放棄《ほうき》できないんだよ」

「因果《いんが》な仕事ですね。断るべきだったのかもしれないな」

「いまさら女々《めめ》しいことを言うのは、見苦しいぞ」

「ええ、そうですね」

「突き放すようだが、感傷的になるな」

「わかりました。警察庁長官がどう思ってもかまいませんが、わたしの証言は正しいと確信してます」

「わたしも警視総監も、きみの証言を支持してる。だから、警察庁長官を説得して、須崎法務大臣に矢部有作と三橋芳史を逮捕し、東京拘置所に戻すことを許可してもらうことになった」

「二人の居所は別働隊が把握《はあく》してるんですね？」

「ああ。矢部は、元従業員のアパートに匿《かくま》われている。三橋は従弟《いとこ》に金を借りて、池袋のカプセル・ホテルに身を潜《ひそ》めてるんだ」

「そうですか」

「二人を小菅に戻すことは、際《きわ》どい賭けと言える。犯人が断続的に死刑囚全員を釈放させたいと本気で願ってたら、東京ドームは爆破されることになるからね」

「その心配はないと思います。犯人の目的は、並木稔の殺害だったと考えられますから」

「才賀君、並木はタクシー運転手と一緒に車内で黒焦《こ》げにされた。その並木は消費者金融の蒲田店に押し入って、従業員と客の計六人を焼死させてる。このことは、ただの偶然なんだろうか」

「刑事部長は、六人の被害者の遺族か恋人が復讐したくて、手の込んだ絵図を画《か》いたかもしれないと思われたんですね？」

才賀は確かめた。

「一応、関係者たちの動きを探ってみる必要はあるのではないかね?」

「ええ、まあ」

「わたしの推測は外れてるんだろうか。そうなのかもしれないが、死に方が似てる。そのことに、どうも引っかかってね」

「そちらの捜査は、別働隊の方々にお任せします。それより、さきおととい、スケボー好きな坊やたちに警察車輌を見つけさせてた謎の男に関する聞き込みは?」

「一つだけ気になる情報があったよ。東京拘置所の裏門から数百メートル離れた住宅街に事件当日、白っぽいクラウン・マジェスタが路上に駐められてたらしいんだが、その車の助手席に『コニー』の社名入りの書類袋が置かれてたというんだ」

「証言者は?」

「近くに住む主婦だよ。その不審車輌のフロント・グリルは数軒先の民家のガレージの出入口にかかってたらしいんだ。それで証言者は、クラウンの車内をちらりと見たんだとか」

「そのとき、『コニー』の社名の入った書類袋を見たんですね?」

「ああ、そういう報告だった。そのお宅は、よく『コニー』で買物をしてるそうなんだが、デパートの外商部の社員が上客の個人宅を回ってるようなことはしないよな、スーパーの場合は」

「そうですね。その家の者は、どう言ってるんです?」

「奥さんの話によると、『コニー』の社員が訪ねたことはないらしい。それに、ガレージの出入口の前にクラウンを駐められたことには気づかなかったと言ってるそうだよ」

「そうですか」

「その怪しい車が本事案《ほんじあん》に関わりがあるとも考えられるよな? 車内で焼死した並木稔は、『コニー』の川手会長の隠し子だったわけだから」

「ええ、そうですね」

「隠し子の存在が公《おおやけ》になったら、川手には多少のマイナスになるだろう。しかし、致命的なスキャンダルとは言えない。成功者が愛人に子供を産ませたケースなど別に珍しくないからね」

「ええ」

「しかし、少し気になることもある。きみが並木と会ったとき、彼は母親の行く末のことを考えて、川手会長に自分の養育費として、五百万円を一括《いっかつ》で支払ってくれと二度も手紙を出したと言ったんだったね?」

「ええ、そう言ってました。しかし、川手氏からは何も回答がなかったという話でした」

「そうだったな。その後、腹を立てた並木が何かで実父を強請《ゆす》ったとは考えられないだろうか」

「何かって？」

「自分が川手会長の隠し子であるといった類《たぐい》の醜聞ではなく、もっと震え上がるような恐喝材料で脅してた。そうだったとしたら、川手が南米系の外国人を雇って、実子の並木稔を焼死させた可能性も出てくる」

「ええ、そうですね」

「しかし、認知もしなかったとはいえ、相手はわが子だ。ふつうの人間なら、そこまではできないと思うがな」

「確かにね。ですが、尊属《そんぞく》殺人事件も現実に起こっています。子が親を殺したり、逆に親が子の命を奪ったりね」

「そうだな。話を戻すが、並木が川手会長の致命的な弱みを握ってたとしたら、それは自分自身が嗅《か》ぎ当てたんだろうか。それとも、母親から教えてもらったのかね？　後者だったとしたら、とうの昔に並木祐子は川手会長に口を封じられてたんではないのかな？　生きてるということは、息子が自力で川手会長の弱みを握ったと考えられる」

「そういうことになるんでしょうね。ちょっと川手氏に揺さぶりをかけてみますよ」

「才賀君、それをやるのは少し早いな。相手は大手スーパーの創業者で、いまも会長のポストに就《つ》いてる大物なんだ」

「警察が捻《ね》じ込まれるようなヘマはやりませんよ。新聞記者にでもなりすまして、インタビューを申し込むつもりです」

「あんまり無茶をやるなよ」

　彦根が言った。

「わかってます。それはそうと、並木の弔《とむら》いは密葬だったとか？」

「別働隊の報告によると、目黒区内の小さな葬儀会館で母親の兄弟だけが集まって家族葬をやって、そのまま司法解剖済みの遺体を火葬場に搬送《はんそう》したらしい」

「川手氏は弔問《ちょうもん》したんでしょうか？」

「いや、葬儀会館には姿を見せなかったようだ。それから、弔電も花輪も届けなかったそうだよ。隠し子だったとはいえ、自分の息子が死んだというのに、ずいぶん冷たいもんだね」

「ええ」

「本人が焼香に行きにくかったら、腹心の重役か会長秘書にでも顔を出してもらえばいいんだ。それも無理なら、こっそりと社名で花を供するぐらいは……」

「そこまで川手氏がクールだと、なんだか勘繰《かんぐ》りたくなってきますね。刑事部長がさっきおっしゃってたことが妙に現実味を帯びてきました」

「だからといって、川手会長を最初っから容疑者扱いしないでくれよ。くどいようだが」

「心得てますよ。先に出ます」

才賀は椅子から立ち上がって、レンタルームを出た。

地下二階の駐車場に下り、覆面パトカーに乗り込む。雑居ビルを出ると、車を新橋駅前ビルに向けた。

そのビルの地下一階に、スピード印刷の名刺屋がある。ひとっ走りで、駅前ビルに着いた。才賀は覆面パトカーを駅前ビルの脇に駐め、名刺屋に入った。

十五分ほど待つと、偽名刺が刷《す》り上がった。

才賀は文字を目で追った。毎朝日報東京本社経済部、鈴木一郎。本社の所在地と電話番号は、でたらめではなかった。

支払いを済ませて、店を出る。エクスプローラーの中に戻り、今度はＪＲ東京駅の近くにある『コニー』の本社ビルに向かった。

目的のビルは、八重洲二丁目にある。駅のそばで、外堀《そとぼり》通りに面していた。十五階建てのモダンな造りのビルだ。

才賀は覆面パトカーを裏通りに駐め、『コニー』の本社ビルに急いだ。一階の受付ロビーは広く、清潔だった。

受付嬢は三人もいた。揃《そろ》って美人で、若かった。

「こういう者です」

才賀は中央に坐った受付嬢に偽名刺を渡した。受付嬢が名刺の文字を素早く見て、すぐに困惑顔になった。

「丸刈りにしてるから、新聞記者に見られないことが多いんだ。記者証も提示したほうがよさそうだな」

才賀は際《きわ》どい芝居をうって、上着の内ポケットを探る素振りを見せた。

「いいえ、結構です。それで、社の誰をお訪ねでしょう？」

「川手会長にお目にかかりたいんだ」

「アポはお取りですね？」

「いや、緊急インタビューさせてほしいんですよ」

「そういうことは困ります。役員たちとお目にかかるには、事前にアポイントメントをお取りいただかないと……」

受付嬢が偽名刺を大理石の受付カウンターに置いた。

「まごまごしてたら、『コニー』は経営権を奪われてしまうかもしれないんだよ」

「えっ、どういうことなんでしょ？」

「凄腕《すごうで》の企業買収屋が、この会社の株を買い漁《あさ》ってるんだ。偽情報《ガセネタ》じゃないから、早く川手会長に取り次いでくれないか」

才賀は平然と嘘をついた。

受付嬢が慌《あわ》てた様子で内線電話の受話器を持ち上げ、会長室に連絡を取った。才賀は受付嬢に背を向け、ほくそ笑《え》んだ。

「すぐにお目にかかるそうです」

受付嬢がカウンターを回り込んできた。偽名刺を大事そうに持っていた。

才賀は受付嬢に案内され、会長室直行のエレベーターに乗り込んだ。函《ケージ》は滑《なめ》らかに上昇しはじめた。

最上階のエレベーター・ホールの真ん前に会長室があった。

「ここで少々、お待ちいただけますか?」

受付嬢が才賀に言いおき、ひとりで会長室に入っていった。偽名刺を川手会長に渡し、取り次ぎの許可を貰うのだろう。

一分も待たされなかった。

じきに会長室のドアが開き、才賀は室内に通された。会長室は五十畳ほどのスペースだった。

手前に応接ソファ・セットが二組横に並び、両方の壁際には木製のキャビネットが置かれていた。正面のマホガニー材の両袖机には、川手会長が向かっている。何か書類にサインをしていた。

才賀は受付嬢に促《うなが》され、左側の応接セットのソファに腰を沈めた。受付嬢が会長室から出ていった。

「どうもお待たせしました」

川手が机から離れ、歩み寄ってきた。偽名刺を手にしている。経済誌や新聞に載っていた顔写真より少し老けているが、どこか脂《あぶら》ぎった印象を与える。いかにも仕立てのよさそうな背広を着込んでいた。

才賀は立ち上がって、挨拶をした。川手が名乗って、先に才賀の前に坐った。才賀もソファに腰を戻した。

「大新聞社の経済記者は、さすがだな。うちの会社の株がM&Aの仕掛け人に十七パーセントも買われたことを早くも察知されたんだから」

川手が渋面で低く呟いた。才賀は、危うく驚きの声を洩らしそうになった。とっさに口にした作り話が、まさか現実の出来事とは夢想だにしていなかった。

「ビジネス界のちょっとした動きも見逃しませんよ」

「それならば、十人ほどのダミーに当社の株を買い集めさせてる会社喰い《マージャー》は何者なんだね？　まさか仕手集団のボスじゃないんだろう？　おそらく外資系投資会社から資金を提供してもらってる新興の企業買収屋なんだろうな？」

「ダミーを操ってる人物の正体を知ったら、どうされるおつもりなんです？」

「礼儀知らずの会社喰《ぐ》いは、荒っぽいやり方で叩き潰《つぶ》すほかないな。甘い顔を見せてたら、奴らはつけ上がるからね」

「裏社会の人間に汗をかかせるおつもりなのか」

「そんなことより、早くそいつの名を教えてほしいな。むろん、それなりの礼はする。来年から、おたくの新聞に月一回、当社の広告を一頁全面で打ってやろう。悪い取引じゃないはずだ」

「広告は出稿していただかなくても結構です。その代わり、こちらの質問に答えてもらいたいんです」

「何を知りたいんだね？　『コニー』は粉飾決算なんかしてないよ。実際、経常利益は七千億に達してる。法人税も、ちゃんと払ってるよ」

「ビジネスのことじゃないんです。さきおとといの晩、環七通りで交通事故で亡くなれた並木稔さんのことで、少し確認したいことがあるんですよ」

「誰なんだね、その男は？」

「いまさら空とぼけることはないでしょ。二十七年ほど前に川手会長が愛人の並木祐子さんに産ませた隠し子のことですよ。並木稔は六人の男女を焼死させて、東京拘置所の死刑囚舎房に入ってたんだが、東京ディズニーランドのレストランを爆破させた犯人が息子さんを含めた三人の死刑囚を釈放しろと要求してきた」

「かつて並木祐子の世話をしたことはあるが、彼女がこっそり私生児を産んだなんて話は聞いてないぞ」

川手が大声で喚《わめ》いた。

「それは、おかしいな。並木祐子さんも並木稔が会長の子であることを認めてますし、わたしは息子さんとも会ってるんです。彼は自分が死刑になってからの母親の生活を心配して、あなたに自分の養育費五百万円を一括で払ってくれと二度ほど手紙を出したと言ってました」

「そんな手紙は受け取ってない。それ以前に、稔とかいう男はわたしの息子なんかじゃないよ。おそらく祐子がわたしと別れたあと、どこかの男の子種《こだね》を宿《やど》したんだろう。あの女には百万ほどの手切れ金を渡して、きれいに別れたんだ」

「偽りはありませんね？」

「無礼な奴だ。なんで、わたしが嘘をつかなきゃならんのだっ。そうか、わかったぞ。祐子が喰うに困って、毎朝日報に川手には隠し子がいるなんてデマを流して、無心する気になったんだな。そんな話は、根も葉もないデマだ。いや、悪意に満ちた中傷だよ」

「失礼を承知で申し上げるんですが、会長は並木稔に何かで強請《ゆす》られてたんではありませんか？」

「わたしが強請られてた⁉」

「ええ、そうです。たとえば、過去の犯罪の証拠を握られてしまったとか……」

「不愉快だ。帰れ！　おまえを毎朝日報にいられないようにしてやる」

「怒らせてしまったようですね。ひとまず退散します」

才賀は立ち上がって、出入口に足を向けた。川手の罵声が背中に浴びせられた。

（ストレートに揺さぶりすぎたな）

才賀は苦く笑って、会長室を出た。

3

営業所長が自《みずか》ら日本茶を運んできた。

東都タクシー四谷営業所の事務所である。才賀は古ぼけた布張りのソファに腰かけていた。『コニー』の本社から、こちらに回ったのだ。

「さきおとといの事故のことですね？」

牛木《うしき》と名乗った営業所長が、才賀の前に坐った。五十七、八だろうか。額に刻まれた皺《しわ》が深い。

「ええ。客と一緒に焼死された運転手の荒巻峰雄《あらまきみねお》さんは享年五十四で、元マンション販売会社の営業マンだったんですね？」

「そうです。荒巻は満五十歳になったとき、リストラ解雇されてしまったんですよ。正直な性格だったんで、客に物件の短所もちゃんと説明してたようです。それで営業成績が上がらなくて、肩叩きに遭《あ》ったと言ってました」

「ここには、新聞の求人欄を見て……」

「いいえ、求人誌の募集広告を見て、面接にやってきたんですよ。わたしが面接したわけですが、荒巻は真面目そうでしたんで、すぐに採用したわけです」

「こちらの捜査資料によると、荒巻さんは十一年前に奥さんに病死されて以来、独り暮らしだったとか？」

「ええ、そうです。上板橋の賃貸マンションに住んでたんです。酒好きでしたが、ギャンブルはまったく……」

「誰かに逆恨《さかうら》みされてた気配は？」

才賀は問いかけ、緑茶を啜《すす》った。

「そういうことはありませんでした。彼は誰とも打ち解けるタイプでしたんでね」

「さきおととい、荒巻さんは東京拘置所の指示で並木稔を乗せたんですね？」

「そうです。行き先までは告げられませんでしたが、乗車料金の請求書は拘置所の所長宛に送付してくれと言われました」

「そうですか。所轄署の交通課は事故のことをどう説明しました？」

「トレーラーを運転していた南米系の男がハンドル操作を誤ったんだろうと言ってまし

た。それから、そいつが逃げたのはオーバーステイだったからだともおっしゃってましたね」

「そうですか」

「もしかしたら、仕組まれた事故だったんですか？」

牛木所長が小声で問いかけてきた。

「そう思われた理由は？」

「荒巻と一緒に車内で焼け死んだ並木という客は死刑囚だったんでしょ？」

「ええ、まあ」

「だから、その男が引き起こした事件の被害者の身内が仇《かたき》を討つために何らかの方法で、憎い相手を釈放させて、逃げた外国人にわざと事故を起こさせたのかもしれないと思ったわけです。テレビのサスペンス・ドラマを観《み》すぎですかね？」

「話としては面白いな。しかし、その疑いは薄いでしょう。というのは、並木は一、二年のうちに絞首刑になることになってたわけですから、わざわざ焼死させなくても……」

「そうか、そうですよね。仕組まれた事故だったとしたら、死んだ並木という男は誰かの身替り犯だったんではないのかな？　死刑執行前に彼が真相を喋《しゃべ》ったら、真犯人は困ることになりますよね？」

「だから、真犯人は外国人を雇って、並木稔の口を封じさせた？」

「ええ」

「自分の命を棄《す》ててまで、他者の罪を被《かぶ》ってもいいと考える人間なんていないでしょ？」

「いや、いるかもしれませんよ。もの凄《すご》く大切にしてる身内、恋人、恩人のためなら、敢《あ》えて濡《ぬ》れ衣《ぎぬ》を着たままでもいいと考える者もいるのではないかな」

「そういう奇特な人間がいないとは言い切れませんが、並木の凶悪な犯罪にはちゃんとした物的証拠があるんです。むろん、並木自身も犯行を全面的に認めてます」

「そういうことなら、死刑囚だった彼が身替り犯だったはずないな」

「ええ。どうもありがとうございました」

才賀は礼を述べ、ソファから腰を浮かせた。

事務所を出ると、外は暗かった。才賀はエクスプローラーの運転席に坐り、梨沙の携帯電話をコールしてみた。やはり、電源は切られたままだった。

（もう梨沙は陸《ルー》たちに殺《や》られちまったんだろうか。いや、まだ諦《あきら》めちゃいけない。きっと梨沙は生きてる）

才賀は自分に言い聞かせて、携帯電話を二つに折り畳んだ。数秒後、彦根刑事部長から電話がかかってきた。

「別働隊の者が矢部有作と三橋芳史の身柄を押さえて、東京拘置所に送り届けた」

「そうですか」

「犯人がどう出るかで、犯行の目的がはっきりとするはずだ。ところで、もう『コニー』の川手会長には会ったのかね？」

「ええ」

才賀は、何者かがダミーを使って、『コニー』の株を十七パーセントも買い集めたことを伝えた。

「それは、妙に気になる話だね。さきおとといの晩、川手会長の隠し子が焼け死んだ。川手に個人的な恨みを持つ者がいるのかもしれないぞ」

「ええ、考えられますね。たった一代で、大手スーパーの会長にのし上がった川手彰一には敵が少なくないはずです。これから並木祐子の自宅アパートに回って、そのあたりのことを探ってみます」

「わかった。きょうも別働隊のメンバーが大久保一帯を張り込んでるんだが、例のヒスパニック系の男の潜伏先は未《いま》だに突きとめてないんだ」

「そうですか。梨沙の拉致に関与してる陸許光《ルーシエグアン》の居所も摑めないんです」

「心配だな。立場上、それしか言えないんだ。わたしを恨まないでくれ」

彦根が辛《つら》そうに言って、先に通話を打ち切った。

才賀は携帯電話を懐に戻し、覆面パトカーを走らせはじめた。目黒区の緑ケ丘をめざす。

車が目黒区内に入ったとき、東洋テレビ報道部の田沢ディレクターから電話があった。

「何者かに連れ去られた大伴梨沙さんは、まだ生きてると思います」

「何か根拠があるんですね？」

「はい。数十分前に不審な中国人が報道部のビデオ編集室に勝手に入り込んで、『ニュース・オムニバス』関連のビデオをでっかいスポーツ・バッグに詰めて盗み出そうとしてたらしいんですよ。運よく局員二人がそれに気づいたんです。彼らは怪しい男を取り押さえようとしたんですが、相手がナイフを振り回したんで、ちょっと怯《ひる》んでしまったようです」

「そのとき、不審者が中国語で威《おど》し文句を並べたんだね？」

「ええ、そうなんです。片方の局員は北京支局に三年ほど勤務したことがあって、北京語、上海語、広東語を使い分けられるんです。怪しい中国人は広東語を喋ったというんです。それも荒っぽい言葉遣《づか》いだったから、香港の黒社会の者だろうという話でした」

「多分、そうなんだと思う。で、そいつは梨沙が香港で撮《と》ったビデオを出せと脅したのかな？」

「そうは言わなかったそうですが、大伴さんが隠し撮りしたビデオを回収する気だったんだと思います」

「そうなら、梨沙は隠し撮りしたビデオのマスター・テープのありかを喋ってないことになる」

「ええ、そうですね。大伴さんを連れ去った奴らは都合の悪いビデオを手に入れるまで、絶対に彼女を殺したりしないはずです」

「だろうね」

「それだから、彼女はまだ生きてると直感したわけです。ひどい拷問は受けたでしょうけどね」

「いい情報をありがとう！」

才賀は明るく謝意を表し、思わず指を打ち鳴らした。厚く翳《かげ》っていた心に一条の光が射《さ》し込んできたような気分だ。

（よかった。まだ間に合いそうだ。梨沙を救出するまで絶対に諦めないようにしよう）

才賀は携帯電話を上着の内ポケットにしまい、運転に専念した。

それから十分そこそこで、『緑ケ丘ハイム』に着いた。一〇五号室には、電灯が点いていた。

インターフォンを押すと、並木祐子の声で応答があった。才賀は名乗った。

待つほどもなく部屋のドアが開いた。

線香の煙が漂っている。焼け死んだ死刑囚の母親は伏し目で軽く頭を上げた。

「このたびは、ご愁傷《しゅうしょう》さまです。息子さんにお線香を上げさせてもらえますか？」

「わざわざありがとうございます。狭い所ですが、どうぞ上がってください」

「それでは、お邪魔します」

才賀は室内に入り、靴を脱いだ。

祐子が奥の居室に移った。才賀は、部屋の主に従った。

テレビの横に、急ごしらえの小さな祭壇が設けてあった。遺骨は、その上に置かれていた。遺影の前には、花と供物《くもつ》が見える。

祐子が座蒲団《ざぶとん》をずらし、祭壇の前にそっと置いた。

才賀は座蒲団を祭壇の前にそっと置いた。

才賀は座蒲団をずらし、直《じか》に畳の上に正座した。

「手ぶらで来てしまって、申し訳ありません」

「いいんですよ。お線香を手向《たむ》けていただけるだけで充分です」

祐子がそう言い、斜め後ろまで退《さ》がった。

才賀は線香を香炉《こうろ》に突き立て、一分ほど合掌した。向き直ると、故人の母親が涙ぐんでいた。泣き腫《は》らした瞼《まぶた》が痛々しい。

「残念でしたね？」

「これでよかったのかもしれません。稔と一緒に亡くなられた東都タクシーの運転手さんは、お気の毒ですけど」

「それにしても、若すぎます」

「でも、息子は年内か来年の春には絞首室に送られる運命だったんです。この世からいなくなるのが少し早まっただけです。それに稔は六人の方を焼死させてますから、同じ苦しみを味わわせられたんでしょう。罰《ばつ》です。息子は六人の命を奪ったから、天罰が下ったんですよ。意識がなくなるまで、それは熱かったと思います。しかし、仕方がありません。あの子は、それだけ非人間的な犯行に及んでしまったわけですから」

「川手氏は息子さんの弔問もされなかったようですね？」

「彼には社会的な立場もありますから、それはできなかったんでしょう。出来の悪い子でしたが、血を分けた息子ですから、むろん悲しかったはずです」

「そのことなんですが、実は夕方、『コニー』の本社を訪ねて、川手会長に会ってきたんですよ」

「そうですか」

「川手氏は昔、あなたの世話をしていたことは認めましたが、息子さんの父親は自分ではないと言ってました」

「そ、そんなことを言ってるんですか!?　どういうつもりなのかしら？」

「川手氏は、稔さんの実父は自分と別れた後、あなたがつき合った男性なのではないかと
……」

さすがに才賀は言い澱《よど》んだ。

「川手も卑怯《ひきょう》な男ね。妻子や世間体を考えて、事実を認めようとしなかったんでしょうが、男らしくないわ。先日は川手の悪口は言わなかったけど、見損なったわね」

「失礼ですが、息子さんの父親は川手氏に間違いないんですね？」

「当たり前じゃありませんか。わたしは彼以外の男性と親密な関係になったことはないんです。いいわ、証拠を見せてあげる」

祐子が立ち上がって、茶簞笥《ちゃだんす》の引き出しから一葉《いちよう》のセピア色の写真を取り出した。

その印画紙には、若いころの祐子と川手が写っていた。祐子が抱きかかえている乳児は、死んだ並木だった。目許で、はっきりと本人とわかった。

「川手から手切れ金を百万円ほど貰いましたが、そのほか金銭的な援助は受けてません」

「確認しますが、あなたが女手ひとつで息子さんを育てたんですね？」

「ええ、そうよ」

「息子さんは死刑判決が下ってから、あなたの今後の生活のことを考え、父親の川手氏に自分の養育費として五百万円を一括で払ってほしいと二度手紙を出したそうですが、返事はなかったそうです」

「川手らしいわ。彼は金銭にしか興味のない冷たい男なんですよ、本質はね。奥さんもそうだろうけど、愛人たちにも気は許してないんだと思うわ。要するに、自分だけがかわいいのよ」

「そうなんですかね。川手氏は、息子さんから手紙を受け取ったことも認めませんでしたよ」

「そう」

「川手氏は商才はあるんだろうが、かなり強引な方法で小さな会社や店を乗っ取ってきたんでしょ?」

「詳しいことはわからないけど、他人《ひと》の弱みにつけ込んで事業を拡大してきたことは確かね。わたしと密会中に、『コニー』に店舗用地を安く買い叩かれた年配の地主がゴルフクラブを振り翳《かざ》して川手に襲いかかったことがありましたから」

「その地主は、なんで土地を買い叩かれたんです?」

「その方の娘さんに盗癖があって、万引きの常習犯だったみたいなの。川手はそのことを言い触《ふ》らすとでも匂わせて、強引に新店舗用の土地を手に入れたんじゃないかしら?」

「その程度の厭《いや》がらせや脅しは序の口だったんじゃないのかな? ただ商才に恵まれてるだけじゃ、一代であそこまで成功できないと思うんですよ」

「おそらく仕入れ業者も、だいぶ泣かしてきたんでしょうね。納品させてから、いろいろ難癖をつけて大幅に値引きさせたり、使いにくい社員はもっともらしい理由をつけて解雇したり……」

「そういうことは、よくあったんだろうな」

才賀は言って、胡座《あぐら》をかいた。足が痺《しび》れてきたからだ。

「そういえば、こんなこともあったわ。五年ぐらい前のことだったと思うけど、突然、川手がわたしのとこに電話をしてきて、稔が隠し子であることは誰にも言わないでくれって言ったの。誰かが愛人に子を産ませたことを大物総会屋にリークされたくなかったら、五千万円の口留《ど》め料を出せって脅迫状を送ってきたとか言ってたわ」

「その件はどうなったんです？」

「その後は何も言ってこなかったから、うまく処理したんでしょうね。それからね、稔が起訴されたとき、おかしな男が訪ねてきたわ。三十過ぎのやくざっぽい男が前の住まいを訪ねてきてね、稔が川手彰一の隠し子であるという手記をまとめてくれたら、一千万円で買い取ると言ったんですよ」

「そいつは、おそらくブラック・ジャーナリストなんだろう」

「ええ、そうみたい。天草四郎《あまくさしろう》なんてふざけた名刺をくれたけど、事務所の番地はでたらめだったの」

「むろん、手記は書かなかったんでしょ？」

「ええ。その男は何がなんでも川手を懲《こ》らしめたかったみたいで、謝礼を千八百万円まで上げたんですよ。何かで、川手をよっぽど恨んでたんでしょうね」

「そいつは身内の会社か店を『コニー』に買収されたんじゃないのかな、汚い手口で」

「川手なら、それぐらいのことは平気でやるでしょうね。とにかく、根っから冷たい男性《ひと》だから」

祐子が言って、吐息をついた。

（川手彰一に恨みを持つ人間を洗い出せば、何か新たな手がかりを得られそうだな）

才賀は古い写真を見つめながら、胸の中で思った。

4

庭先に案内された。

広い和風庭園だった。二百数十坪はあるだろう。世田谷区上野毛《かみのげ》にある陣内啓太郎《じんないけいたろう》の自宅だ。七十三歳の陣内は、三年前まで『コニー』の経営顧問を務《つと》めていた人物だ。

「盆栽棚《ぼんさいだな》の前にいらっしゃる方が旦那さまです」

お手伝いの中年女性が才賀に告げ、ゆっくりと遠ざかっていった。

才賀は踏み石をたどりはじめた。並木祐子の自宅アパートを訪ねた翌日の午後三時過ぎだった。

藍色《あいいろ》の作務衣《さむえ》を着た白髪の男が気配を感じたらしく、体の向きを変えた。

「どなたかな？」

「警視庁の才賀といいます。陣内さんですね？」

「そうだが……」

「みごとな五葉松《ごようまつ》ですね」

「ほう！　これが五葉松の盆栽だとよくわかったね、まだお若いのに」

「母方の祖父が盆栽いじりをしてたんですよ。針のような形をした葉が五つずつ集まってるから、五葉松という名が付いたんだと教えられました」

「そうかね」

「二十鉢以上はありそうだな」

「この棚には三十鉢、載《の》ってる。別の棚にも、二十鉢以上は置いてある。もともと五葉松は、山に生える常緑高木なんだ。こんな小さな鉢で育てるのは人間のエゴなんだが、いつもそばに置いて愛《め》でたいんだよ。もちろん、手をかける楽しみもある」

「まったくの素人ですが、美しく剪定《せんてい》されてると思います。枝ぶりといい、葉の艶《つや》といい、もう完璧《かんぺき》でしょう」

「お世辞でも、そこまで言ってもらえると、つい頬が綻《ほころ》んでしまうな」

「そうですか」

「こんなことを言ったら、笑われるだろうが、盆栽の五葉松もおのおの性格が異《こと》なるんだよ。人間と同じだね。ちょっと手入れを怠《おこた》ると拗《す》ねる松、ひたすらこちらの愛情に応《こた》えようとする松、気まぐれな松といろいろなんだ」

「まるで女性のようですね？」

「うまいことを言うな。実際、その通りだよ」

陣内がにっと笑って、小さな枝鋏《えだばさみ》を器用に操《あやつ》りはじめた。

「先日、東京ディズニーランドのレストランと衆議院第一議員会館のエントランス・ロビーが爆破された事件はご存じですね？」

「ああ。過激派の仕業《しわざ》だったのかな？」

「いいえ、そうではないようです。マスコミには伏せられたんですが……」

才賀は三人の死刑囚が釈放されるまでの経緯《いきさつ》をかいつまんで話した。むろん、都合の悪いことは黙っていた。

「そういえば、川手君の隠し子の並木稔が四、五日前に交通事故で死んだね」

「並木稔のことをご存じだったんですか。彼が川手会長の息子であることをどなたから聞いたんです？」

「並木祐子さんだよ。彼女は息子が凶悪な事件を起こした直後、ここに訪ねてきて、川手君に優秀な弁護士を紹介してもらえないかと言ってきたんだ。稔という息子が六人の男女を死なせたんだが、なんとか死刑判決ではなく、無期懲役刑にしてほしかったんだろうね」

「それで、陣内さんはどうされたんです？」

「祐子さんの話をそのまま川手君に伝えたさ。しかし、彼は自分が祐子さんに産ませた子供のためには何もしてやらなかった。凶悪な事件の加害者が自分の隠し子であることを世間に知られたくなかったんだろうね」

「しかし、並木稔はわが子なんです。冷たすぎるでしょ？」

「ま、そうだね。しかし、ただの隠し子じゃない。死刑囚だったわけだ、並木稔はね。そのことが週刊誌やスポーツ新聞なんかに派手に書きたてられたら、『コニー』の企業イメージは悪くなるだろう」

「ええ、おそらくね」

「事業欲旺盛な川手君には耐えがたいことだ。だから、隠し子のために何もしなかったんだろう。もともと彼は、人間に対して不信感が強い男だからね」

「川手会長は滋賀県の大津市出身でしたよね？」

「そう。父親は市内で雑貨問屋を営んでたんだよ。川手は京都の私大を出て家業を手伝っていたんだが、父親が病死すると、バッタ屋に転業した。二十六のときだったかな。倒産品を安く仕入れ、ボロ儲けした。その金で他人名義で雄琴《おごと》にソープランドを何軒も出して、ディスカウント・ショップの経営に乗り出した。それでライバル店を次々に買収し、さらに食料や衣料スーパーも傘下《さんか》に収めて、『コニー』の母体を作ったわけさ」

「ソープランドの経営は、素《す》っ堅気《かたぎ》にはできません。川手会長は、その筋《すじ》とも交友があったんでしょう」

「川手君は手っ取り早く儲けるには極道たちをうまく利用することだと考えて、関西のやくざの大物とはよくゴルフやクルージングに出かけてたようだよ」

「買収や新店舗進出のときは、裏社会の連中の力を借りてたんでしょうね？」

「過去には、そういうこともあったみたいだね。わたしが川手君に乞《こ》われて、『コニー』の経営顧問になったのは十六年前だが、そのころは極道たちと切れてたはずだ。川手君が黒い人脈とつながってたら、当然、経営顧問は引き受けなかったよ」

「でしょうね。陣内さんは経営の魔術師と呼ばれ、多くの一部上場企業の梃《てこ》入れをなさってきた方だから、何も新興の『コニー』に協力しなくても……」

「ま、そうだね。わたしが川手君に興味を持ったのは、彼が織田信長タイプの経営者だったからなんだ」

「しかし、三年前にあなたは川手会長と何かで衝突して、『コニー』を去ったんでしょ？」

「その通りだよ」

陣内が体を反転させ、枝鋏を弄《もてあそ》びはじめた。

「何があったんです？　差し支《つか》えない範囲で結構ですので、話していただけませんでしょうか」

「川手君は五年あまり前から、古参社員たちを大量にリストラ解雇しはじめたんだ。わたしは、それには強く反対した。ベテラン社員たちが力を尽くして働いてくれたから、『コニー』は急成長できたんだ。いわば、彼らは功労者だよ。それなのに、損得だけでリストラするなんて非情すぎる。川手君の斬新《ざんしん》な考えや大胆な行動は評価してるが、周囲の人間は大切にしなければ駄目なんだ。企業の財産は人なんだよ。いくら会社の株や資産が安定しても、パワーになる社員がいなくなったら、いずれ業績は悪化するものさ」

「そうでしょうね」

「川手君には、そのことを何度も説《と》いたんだ。しかし、彼は聞く耳を持たなかった。ベテラン社員を次々に辞めさせ、結婚してる女性社員の大半を契約社員にしてしまった。そんなことでは、士気《しき》は下がるに決まってる。結局、川手君は目先の利益のことしか考えられない小物の商人《あきんど》だとわかったとき、失望してしまったんだよ。それで、彼とは袂《たもと》を分かつことになったんだ」

「そうだったんですか。話を元に戻すようですが、強引な経営手法を長いこと変えなかったわけですから、川手会長を恨んでる人たちも多いんでしょうね？」

「それは少なくないだろうな。会社や店を乗っ取られた者、店舗用地を無理に売らされた者、キックバックを要求された納入業者、リストラされた社員と挙げたら、それこそ限《きり》がないよ」

「その中でも、最も川手会長を恨んでたのは誰でしょう？」

「十年前に川手君に中堅衣料スーパー『シンプル』を乗っ取られた桐谷秀司《しゅうじ》氏だろうね」

「桐谷さんですか？」

「そう。桐谷氏は親から引き継《つ》いだ衣料品店を大きくして、『シンプル』に育て上げたんだよ。しかし、多角経営に乗り出したことでグループ全体の業績が悪くなって、川手君に資金援助を求めたようなんだ。なぜか川手君は、そのことをまったくわたしには話してくれなかった」

「どうしてなんでしょう？」

「証拠を押さえたわけではないんだが、どうも川手君は『シンプル』を手に入れたくて、いろいろ画策したようなんだよ。衣料スーパーの納品業者に根回しをして、未払い分の商品を店や倉庫から回収させ、売掛金の支払い期限を短縮させたようなんだ」

「未収分の代金をすぐに払ってくれなければ、今後、『シンプル』とは取引できないと桐谷秀司さんを追い込んだわけですね？」

「そうなんだ。それから、これも確証はないんだが、どうも川手君は複数の人間を使って、『シンプル』の商品のポケットに画鋲《がびょう》や虫ピンを入れさせて、客の購買意欲を殺《そ》いだみたいなんだよ」

「それが事実なら、商道に悖《もと》るな」

才賀は言った。

「ああ、そうだね。そんなことで、『シンプル』は二進《にっち》も三進《さっち》もいかなくなって、経営権を川手君に譲ったんだ」

「言葉を飾らずに言えば、乗っ取りみたいなもんですよね？」

「その通りさ。失意の桐谷秀司氏は、それから半年後に服毒自殺してしまったんだ。そのショックからか、奥さんも数カ月後に急性心不全で亡くなった。居《い》候《そうろう》弁護士だった長男と会社整理屋の手伝いをしてた次男の二人が遺《のこ》されたんだ」

「その長男というのは、テレビによく出ている桐谷敏弁護士なんじゃありませんか？」

「そうだよ。父親が不幸な死に方をしたせいか、ブラウン管で見かける彼はどこか翳《かげ》りがあるね。ハンサムだけどさ」

「やっぱり、そうでしたか。次男坊は、経済やくざになってしまったんですね？」

「いまは企業コンサルタントと称して、赤坂に事務所を構えてると聞いてる。しかし、おそらく裏経済界で暗躍してるんだろうね、次男の利典《としのり》君は。大学在学中に『シンプル』が赤字経営に陥《おちい》ったんで、次男はダーティ・ビジネスに手を染めて、まとまった金を手に入れたいと考えるようになったんだろう」

　陣内が言って、ふたたび盆栽の剪定に取りかかった。五葉松の葉に触《ふ》れるときは、まるで美術工芸品を扱うような手つきだった。

（ここで、弁護士の桐谷弁護士の名前が出てくるとは思わなかったな。死刑囚の釈放と梨沙の拉致はダイレクトにつながってるとは考えにくいが、どこかで間接的に結びついてるんだろうか。いや、それはこじつけだな）

才賀は頭の中で打ち消した。

「おたくは川手君が誰かを使って、並木稔たち三人を東京拘置所から釈放させたと考えているんじゃないのかね？」

「その可能性もあるとは思ってますが……」

「なぜ、川手君がそこまでやるかもしれないと考えたのかな？」

「隠し子を認知しなかったことで並木稔に借りをこしらえてしまったという意識があったら、死刑判決を受けた息子を国外逃亡させてやりたいと思うかもしれないと最初は推測したんですよ。先日、並木祐子さんに会ったとき、川手氏が隠し子のことを不憫《ふびん》に思ってるというニュアンスのことを言ってたもんですからね」

「それは祐子さんが自分と息子の自尊心がずたずたになることを嫌って、川手君が隠し子のことを少しは気にしてるという形にしたんだろうと思うね」

「ええ、いまはそう思ってます。並木稔が焼け死んだのは、仕組まれた交通事故のせいかもしれないんです」

「仕組まれた交通事故だって!?」

陣内が体ごと振り向いた。才賀はうなずき、逃亡中のヒスパニック系の男のことを話した。

「その外国人を川手君が雇ったとは思えないな。隠し子の存在はマイナス要因だが、そのことがビッグ・スキャンダルになるわけではない」

「ええ、そうですね。ですが、並木稔が父親の致命的な弱みを握ってたとしたら、枕を高くして寝られないでしょ？」

「致命的な弱みというと、殺人とか殺人教唆《きょうさ》の罪だろうな」

「ええ、まあ」

「そういう類《たぐい》の種《ネタ》で、並木稔が実父の川手君を強請《ゆす》ってたのではないかと……」

「可能性はゼロではないはずです。そういうことだったとしたら、川手氏は隠し子を始末したくなるでしょう。いずれ並木稔は死刑になることになってたわけですが、自分の致命的な弱みを刑務官か教誨師《きょうかいし》に喋られたらという強迫観念に取り憑《つ》かれたとも考えられます。そうなら、『コニー』の会長は何らかの手を打とうと考えるんではないのかな？」

「当然、落ち着かない気持ちにはなるだろうね。しかし、川手君もそこまではやらないと思うがな。彼の隠し子が故意にタクシーごと焼かれたんだとしたら、むしろ『シンプル』のオーナー社長だった桐谷秀司氏の二人の息子のほうが疑わしいんじゃないだろうか」

「次男の利典はともかく、長男の桐谷敏は現職の弁護士です。人殺しが割に合わない犯罪だってことは仕事柄、知ってると思います」

「当然、頭ではそう思うだろうね。しかし、どんなに知性豊かでも、人間は感情の動物だよ。親の会社が川手君に乗っ取られたんだ。そのことによって、父が自殺し、母も若くして病死してしまった。遺児たち二人は川手君はもちろん、その周辺の人間にも憎しみを懐《いだ》いてたんじゃないだろうか」

「それだったら、並木稔を狙う前に、張本人の川手氏、川手夫人、ひとり娘の命を奪ってやろうと思うでしょ?」

「桐谷兄弟は、その三人を狙う気でいたのかもしれない。しかし、何か事情があって、目的を果たすことはできなかった。そこで、川手君の隠し子である並木稔を自分たちの手で処刑してやりたくなったんではないのかな? いずれ狙った相手は絞首刑になる身だったが、その前に自分らで並木稔を殺したかった」

「反論するようですが、なぜ、いま川手氏の隠し子の命を狙わなければならないんです? 『シンプル』が川手氏に乗っ取られたのは、もう十年も前のことなんでしょ?」

「ああ、そうだね」

「その間、桐谷兄弟がその気になれば、いくらでも並木稔を殺害するチャンスはあったはずです」

「確かに十年も待つ必要はないわけだな」

「そうですよ」

「しかしね、なんか桐谷兄弟が仕組まれた交通事故に関与してるような気がしてならないんだ」

「単なる勘ではなさそうですね？」

「うん、まあ。桐谷弁護士が一年前に結婚した妻の秋乃《あきの》さんは二十三歳から三十歳まで、『コニー』で川手君の秘書を務《つと》めてたんだよ」

「そうなんですか」

「川手君は女好きだから、美人で色っぽい秋乃さんを放っとくはずはない。時期はわからないが、彼は秋乃さんに手をつけたと思うんだよ。二人が男女の仲だってことは、仕種《しぐさ》や気配で感じ取れたからね」

　陣内の声には、ジェラシーめいたものが込められていた。美しい会長秘書に心惹《ひ》かれていたのだろうか。しかし、自分はもう年配者だ。そう考え、恋情を心の片隅に封じ込めたのかもしれない。

「桐谷弁護士は、秋乃夫人とどこで知り合ったんです？」

「大手結婚情報会社が企画したお見合いパーティで意気投合して、四カ月でスピード結婚したんだ。秋乃さんは純粋に桐谷弁護士に惚れたのかもしれないが、旦那のほうは『コニー』に関する情報が欲しかったんだろうね」

「桐谷敏は、秋乃夫人が独身時代は川手会長の愛人も兼ねていたことを知りながら、妻に迎えたってことなんですか？」

「ああ、それは間違いないと思う。桐谷弁護士は二枚目で、テレビのコメンテーターとしても知られてる。結婚相手など、それこそ選《よ》り取り見取りだったにちがいない。それなのに、わざわざお見合いパーティに出席してる。川手君のかつての秘書兼愛人と結婚して、『コニー』の企業不正を探り出すことが狙いだったんだろう」

「その目的は、自殺に追い込まれた父親の仕返しですか？」

「ああ、多分ね。桐谷兄弟は川手君の隠し子を亡き者にして、いずれ『コニー』の経営権を手に入れたいと考えてるのかもしれない」

「そうなんですかね？」

才賀は関心なさそうな返事をしたが、何者かが『コニー』の株を十七パーセントもダミーたちに買い集めさせた事実を思い出していた。そのことに桐谷兄弟が深く関わっている可能性はある。

「数カ月前、たまたま二子玉川《ふたこたまがわ》の有名デパートで買物をしてる秋乃さんを見かけたんだが、なんだが寂しげだったね。夫に愛されてないと感じたからだろうか」

「桐谷弁護士の自宅は、新玉川線の沿線にあるんですか？」

「上用賀《かみようが》の『馬事公苑《ばじこうえん》パレス』に住んでるはずだよ。部屋番号までは知らないがね」

「そうですか」

「何か役に立ったかな？」

陣内がそう言いながら、如雨露《じょうろ》を摑《つか》み上げた。五葉松に水をやるのだろう。

「参考になる話ばかりでした」

才賀はにこやかに言って、陣内邸を出た。

第三章　密談の盗撮ビデオ

1

エレベーターが上昇しはじめた。

南青山三丁目にあるテナント・ビルだ。才賀は函《ケージ》の壁に軽く凭《もた》れかかっていた。九階に桐谷敏法律事務所があるはずだ。

陣内邸を出て、およそ四十分が過ぎていた。

ほどなく九階に着いた。桐谷弁護士のオフィスは、エレベーター・ホールから最も奥まった場所にあった。

才賀は歩を進めかけて、すぐに立ち止まった。あろうことか、フリー・ジャーナリストの堀内が廊下にたたずんでいた。桐谷の事務所の手前だった。

（どうして堀内の旦那がこんな所にいるんだ!?）

才賀はそっと身を翻《ひるがえ》し、函《ケージ》の中に入った。一階に降り、テナント・ビルを出る。

車道を見ると、見覚えのある白いカローラが駐《と》めてあった。堀内の車だ。フォード・エクスプローラーは、反対側の路肩に寄せてある。

才賀は物陰に身を潜《ひそ》めた。

堀内とは先日、東京拘置所内で偶然に顔を合わせた。そのときから、ずっと尾行されていたのか。だとしたら、極秘任務の捜査中だということを覚《さと》られてしまったのかもしれない。

（その先のことは考えたくないな）

才賀は頭髪を搔き毟《むし》った。堀内に超法規捜査のことを知られたら、辛い思いをさせられる。

彦根刑事部長は別働隊の誰かに堀内を葬らせることになる。国家ぐるみの秘密は守り抜かなければならない。場合によっては、自分が堀内を始末しなければならなくなるだろう。

これまで〝極道記者〟には、さんざん世話になってきた。それ以前に、堀内は好人物だ。そんな相手に銃口は向けられない。といって、抹殺命令を無視したら、別働隊のメンバーに堀内ともども自分も消されることになるだろう。

（おれは、まだ三十代なんだ。もっともっと酒を飲みたいし、いい女たちとも甘い一刻《ひととき》を

過ごしたい。困ったことになったな)

才賀は両切りピースをくわえた。紫煙をくゆらせても、妙案は閃《ひらめ》かなかった。

煙草の火を踏み消したとき、テナント・ビルの出入口から堀内が現われた。彼は、才賀に気づかなかった。

「旦那!」

才賀は堀内を呼び止めた。

「おう、才賀ちゃんじゃないか。なんで、こんな所にいるんだい?」

「旦那こそ、どうして南青山にいるんです?」

「実は、知り合いの女性ビデオ・ジャーナリストが一週間以上も前から消息不明なんだよ」

「そのビデオ・ジャーナリストって、大伴梨沙のことじゃないんですか?」

「そうだよ。なぜ、才賀ちゃんがそれを知ってるんだい!?」

堀内が目を丸くした。

「おれ、梨沙とつき合ってるんですよ」

「えっ、そうだったのか。彼女とはフリー・ジャーナリストの集まりで二年ぐらい前に知り合って、時々、情報交換してたんだ」

「そうだったんですか」

「大伴さんが行方不明になる前に香港に取材に出かけたことは知ってるよな?」

「ええ、もちろん」

「彼女は現地から、おれに電話してきて、テレビにちょくちょく出演してる三十代の弁護士が香港の『福臨門《フーラムムン》』という老舗広東料理店で『紅龍会《ホンロンホイ》』の馬宗璋《マーゾンザン》会長と何やら密談してたと言ってたんだよ。それから、二人の姿をこっそりビデオ撮影したともね」

「梨沙は旦那には、そこまで喋ったのか。おれには、テレビのコメンテーターをやってる三十代の男が香港の顔役と会食してたんで、ビデオで盗み撮りしたとしか言わなかったんです。おれ、信用されてないんですかね?」

「僻《ひが》むなって。大伴さんは休職中の才賀ちゃんを面倒なことに巻き込みたくないと考えて、具体的な話はしなかったと思うよ」

「そうなのかな?」

「ああ、間違いないって。それはそれとして、おれは大伴さんが言ってた弁護士は桐谷敏にちがいないと思って、仕事の合い間に動きを探ってたんだ。しかし、いまのところは怪しい点はないな。てっきり桐谷が盗み撮りされたビデオを回収したくて、誰かに大伴さんを引っさらわせたと思ってたんだが」

「おれもそう推測して、桐谷をマークしてみる気になったんですよ」

「才賀ちゃん、おれに警戒心を懐《いだ》いてるな」

「え?」

「そっちは東京拘置所で会ったとき、大伴さんのことはまったく言わなかった。あのとき、すでに彼女は行方がわからなくなってたんだ。そのことに触れなかったのは、大伴さんの失踪が何か特殊任務と関わりがあったからなんだろう?」

「はみ出し者のおれに特殊任務が命じられるわけないでしょ? 考えすぎですよ、旦那は」

才賀は言った。

「これでも口は堅いほうだと思ってる。気心の知れたおれには、正直に話してくれや。表向きは休職中ってことになってるが、才賀ちゃんは極秘任務に携《たずさ》わってるんだよな?」

「違いますよ」

「それにしては、事件現場でよく見かけるな」

「退屈しのぎに、探偵の真似事をしてるだけですよ」

「喰えない男だ」

「それより、テレビに出てる若手弁護士が香港マフィアの親分とつながってたとは驚きです」

「確かに意外な組み合わせだが、桐谷の実弟の利典は裏経済界で暗躍してるんだよ。一応、企業コンサルタントを表看板にしてるが、素顔は経済やくざだな。だから、裏社会の顔役たちとつながりがあっても不思議じゃないさ」

「そうか、そうですね。桐谷は『紅龍会《ホンロンホイ》』の馬《マー》会長に何かを頼んだんだろうな。それは、何なんでしょう？」

「そいつはわからないんだ。ただ、桐谷兄弟が『コニー』の川手彰一会長を憎んでることは間違いないよ」

堀内がそう前置きして、桐谷秀司が『シンプル』の経営権を川手に奪われ、自死したことを語った。桐谷兄弟の母親が若死した事実も知っていた。

だが、『コニー』の株を十七パーセントも買い占めた人物については何も触《ふ》れなかった。

堀内は、そこまで知らないのか。それとも知っていて、空とぼけているのだろうか。

「桐谷兄弟は、『コニー』の川手会長を香港マフィアに殺《や》らせるつもりなんですかね？」

「それは、まだわからない。ただ、兄弟が父親の復讐をしたいと思ってることは確かだと思うよ。それから大伴さんを拉致したのは、『紅龍会《ホンロンホイ》』の構成員臭いな」

「そうなんだろうか」

才賀は陸許光《ルーシエグアン》のことを口走りそうになったが、結局、教えなかった。

「おれ、関東テレビのスタジオにそろそろ入らなきゃならないんだ。桐谷のマークは、才賀ちゃんに引き継いでもらおう」

「ハンサム弁護士は、自分のオフィスにいるんですね？」

「ああ。依頼人はいないようだったから、公判記録にでも目を通してるんだろう。桐谷弁護士をマークしつづけてれば、大伴さんの居所は突き止められると思うんだ。才賀ちゃん、早く彼女を救い出してやれよ」

堀内が言って、自分の車に歩み寄った。じきにカローラは走り去った。

才賀は覆面パトカーに乗り込み、コンピューターの端末を操作し、桐谷利典の犯歴照会をした。弁護士の実弟は二十七歳のときに恐喝容疑と私文書偽造の罪で実刑判決を受け、府中刑務所で一年二カ月ほど服役している。

(汚れ役は、もっぱら前科者の弟が引き受けてるんだろう。だとしたら、利典のほうを重点的にマークすべきだな)

才賀はそう思いながらも、桐谷敏法律事務所の入っているテナント・ビルを張り込みつづけた。

男前の桐谷弁護士が姿を見せたのは、午後六時半ごろだった。華《はな》やかなオーラに包まれていた。

桐谷はテナント・ビルの前で、タクシーの空車を拾った。

才賀は、そのタクシーを追った。桐谷がタクシーを停めたのは、日比谷の帝都ホテルの玄関前だった。

才賀は車寄せの端にエクスプローラーを停め、すぐさま運転席から離れた。ホテルの広いエントランス・ロビーに駆け込み、桐谷を追う。

桐谷は新館の宴会ホールに消えた。そこでは、東京第一弁護士会のパーティが催されていた。

（弟の事務所に行ってみよう）

才賀は引き返し、覆面パトカーの中に戻った。赤坂に向かう。

桐谷利典のオフィスは、カナダ大使館の裏手にあった。てっきりビルの一室に事務所を構えていると思っていたが、三階建てのビルをそっくり使っていた。
一、二階がオフィスで、三階部分は住居スペースのようだ。出入口には、『桐谷エンタープライズ』の文字が見える。
（投資家を装うか）

才賀は車を暗がりに駐め、『桐谷エンタープライズ』に歩を進めた。

オフィスに足を踏み入れると、パソコンに向かっていた女性社員がすっくと立ち上がった。二十六、七だろうか。丸顔で、平凡な顔立ちだった。事務机が六卓ほどあったが、ほかには誰もいない。

「企業コンサルタントの桐谷利典さんに投資先の相談をしたいんだが……」

「失礼ですが、お名前を教えていただけますか？」

「鈴木一郎という者です。毎朝日報の経済部の記者をやってるんですが、金儲けの才能がないんで、いい投資先を教えてもらいたいんですよ。少しまとまった遺産が入ったもんだからね」

「それは羨《うらや》ましいお話ですね。いま、社長に取り次ぎます」

「よろしく！」

才賀は笑顔で言った。女性社員は才賀の嘘を怪しむこともなく、内線電話で桐谷に取り次いでくれた。

彼女の案内で、才賀は二階の社長室に入った。桐谷利典は三十二、三で、まだ若々しかった。若く見られることが損だと考えたのか、口髭《くちひげ》を生やしていた。

才賀は、新橋のスピード名刺屋でこしらえた偽名刺を差し出した。二人は名刺を交換すると、コーヒー・テーブルを挟んで向かい合った。

「新聞記者の方が投資相談に見えられたのは、初めてですよ」

桐谷が愛想よく言った。

「そうですか」

「経済部の記者をなさってるんでしたら、ビジネスには精通されてますでしょ？　わざわざ投資のご相談に来られなくて……」

「この春まで社会部にいたんですが、一度もスクープできなかったんで、経済部に回されたんですよ。だから、経済に関する知識はゼロなんです」

「ご謙遜《けんそん》ばっかり！　それはそうと、まとまった遺産が入られたとか？」

「ええ、七億ほどね」

「それは大金ですね。お父上は何か事業をなさってたんですか？」

「死んだ親父は貿易商だったんです。嫁に行った姉と七億ずつ相続したわけです」

　才賀は、でまかせを澱《よど》みなく喋った。

「投資にもいろいろありますが、たいていのものはリスクを伴います。賃貸マンションでも建てられて、安定した家賃収入を得られたほうが賢明かもしれませんよ」

「そういう年寄りじみた投資は好きじゃないんです。ちまちまとしてるじゃないですか、発想がね」

「確かに、そうですね」

「親不孝な言い方になるが、遺産なんて一種の泡銭《あぶくぜに》です。一か八か、大きな賭けをしたいんですよ」

「なるほど、豪快な方だな」

「香港市場に上場されてる中国株で大化《おおば》けしそうな銘柄がありますかね？」

「三、四年前なら、大化けしそうな銘柄は幾つもありました。しかし、主だった株は外国人投資家が買い漁《あさ》りましたので、これといった優良株はもうありません。ですが、小化けしそうな銘柄は二十以上あります。今世紀は中国とインドの経済発展が著《いちじる》しく伸びることは確かですから、中国株はまだまだ期待できると思います」

「そうですか。ただ、妙な噂を耳にしたことがあるんですよ」

「どんな噂なんです？」

「中国株で大儲けした外国人投資家たちを十三K《サッセイケイ》系の組織が次々に営利誘拐してるという噂があるらしいんですよ」

「香港には知人がたくさんいますが、そういう話は一度も聞いたことがありませんね」

桐谷がそう言い、茶色い葉煙草《シガリロ》に火を点けた。

「その噂は、ある程度は事実なんじゃないのかな？　外国人投資家に中国株で大儲けされたら、香港のやくざも面白くないでしょうからね。『紅龍会《ホンロンホイ》』あたりに儲けの一部を回してやれば、誘拐される心配はないんでしょうが」

「香港の黒社会に精《くわ》しいんですね？」

「社会部記者時代に香港の闇社会のことを取材したことがあるんですよ」

「そうなんですか。あいにく、わたしはそういう怖《こわ》い連中とはまったくつき合いがないから、よくわかりません」

「それは残念だな。企業コンサルタントをなさってる方は清濁《せいだく》併《あわ》せ呑《の》むタイプが多いみたいだから、ひょっとしたら、香港マフィアに知り合いがいるかと思ったんですがね」

「わたしは堅いビジネスしかしていません。冗談でもそんなことを言われるのは心外だな」

「気を悪くされたんでしたら、謝ります」

「そこまでしていただかなくても結構ですよ。中国株も悪くありませんが、東証《とうしょう》一部上場の株にも化けそうな銘柄はあります」

「ＩＴ関連株ですか？」

「いいえ、違います」

「それじゃ、福祉ビジネス絡《がら》みの銘柄でしょ？」

才賀は訊いた。桐谷が笑いながら、首を大きく横に振った。

そのとき、さきほどの女性社員が二人分のコーヒーを運んできた。会話が中断した。女性社員が下がると、才賀は先に口を切った。

「もったいぶらないで、早く教えてくださいよ」

「大手スーパーの『コニー』をご存じでしょ？」

「ええ、もちろん！」

「『コニー』は全店舗に客自身が使えるレジスターを大量導入して、人件費を削減することになってるんです。それによって、さらに黒字になるはずですよ」

「『コニー』の株を七億円分そっくり買ったら、確実に株価はアップする？」

「ええ、それは間違いないですね。ただし、株をいつまでも持ってたら、いつか損をするかもしれません」

「なぜなんです？」

「どんな企業もそうですが、必ず想定外の事態に陥《おちい》ることがあるんです。たとえば、誰かが『コニー』の食料品に毒物を故意に混入したとします。たったそれだけのことで、株価は下がってしまうもんなんですよ」

「株取引をやったことのない人間が自分で売り買いをしたら、大火傷《おおやけど》しかねないわけか。それはそれで、仕方ないんじゃないのかな？」

「そんなふうに思ったら、亡くなられたお父上がお気の毒です。株の運用はファンド・マネージャーか、投資顧問会社に任せるべきですね。わたしのとこも、投資顧問会社なんですよ。もちろん、わたし個人が経営全般のアドバイス業務をやらせていただいてるわけですがね」

「それだけでは、あまり旨味《うまみ》がないわけだ？」

「ええ、まあ。どうでしょう、わたしに七億円をそっくり運用させてもらえませんか？もちろん、こちらは手数料をいただくわけですが」

「一年で、どのくらい増やせるの？」

「十億、いや、十二億円には膨らませられると思います。わたしの提案に不安を感じられましたら、七億円を年利二十五パーセントで、わたし個人に貸していただけないでしょうか？　消費者金融並の金利ですから、悪い取引ではないと思います」

「なんか差し迫った金が必要みたいだね。さっき話に出た『コニー』の株を買い集めたいみたいだな」

「察しが早いですね。ちょっと理由があって、『コニー』の株を少しでも多く手に入れたいんですよ。いかがでしょう？」

「一日だけ考えさせてほしいな。結果的に遺産がすっからかんになってもいいと思ってるんだが、できたら大きく儲けたいからね」

「もちろん、ここで即答していただかなくても結構です。そのうち色よいご返事をいただけることを祈っています。なんだか駆け引きするようですが、年利三十パーセントまでお払いしましょう」

「七億貸すだけで、一年間に黙っててても二億一千万円儲かるわけか。確かに悪い話じゃないな」

「どうかお力をお貸しください」

桐谷がシガリロの火を灰皿の底で消し、深々と頭を下げた。

「多分、遺産をそっくり桐谷さんに預けることになると思うな」

「心強いお言葉ですね。六本木に馴染《なじ》みのフレンチ・レストランがあるんですよ。そこで、食事でもご一緒にいかがでしょう？」

「せっかくですが、今夜は先約があるんですよ。明日、こちらから必ず連絡します」

才賀は立ち上がった。桐谷と女性事務員に見送られ、外に出る。

(桐谷弁護士の弟は、『コニー』の株を欲しがってる様子だったな。おそらく兄弟が川手会長の会社の株を十七パーセントも買い集めたんだろう。あれだけ際《きわ》どい揺さぶりをかけたんだから、何かリアクションを起こしそうだな。もう少し張り込んでみるか)

才賀は大股で覆面パトカーに歩み寄った。

2

後方に黒いクライスラーが停まった。

すぐにヘッドライトは消されたが、運転席のドアは開かない。張り込んで、およそ三十分後だった。

(桐谷利典が誰かを呼び寄せ、おれを尾行させる気になったようだな)

才賀は穏《おだ》やかに覆面パトカーを発進させ、ルーム・ミラーを仰《あお》いだ。

クライスラーのヘッドライトが灯《とも》された。思った通りだ。才賀は青山通りに出て、渋谷方面に向かった。

黒い大型米国車は一定の車間距離を保ちながら、エクスプローラーを追尾してくる。才賀は表参道に折れ、明治通りを突っ切った。ＪＲ原宿駅の脇を抜けて、小田急線代々木八《よよぎはち》幡《まん》駅の手前で右折する。

　代々木公園の外周路を数百メートル進み、覆面パトカーを停止させた。才賀はグローブ・ボックスからグロック26を取り出し、それをベルトの下に差し込んだ。

　怪しいクライスラーは三、四十メートル後ろに見える。ヘッドライトは消されていた。

　才賀は車を降り、代々木公園内に足を踏み入れた。ひっそりと静まり返っている。

　遊歩道を走り、植え込みの中に入った。しゃがみ込み、目を凝《こ》らす。

　一分ほど待つと、男が園内に駆け込んできた。

　中肉中背だ。黒ずくめだった。動作から察して、まだ二十代だろう。クライスラーを運転していた者にちがいない。

　才賀は尾行者が目の前を走り過ぎてから、遊歩道に出た。

「おい、ここだよ」

「えっ」

　相手が立ち止まった。

「両手を頭の上で重ねろ！」

「丸腰だよ、おれは」

「言われた通りにしないと、おまえの背中に九ミリ弾を浴びせるぞ」

男だ。


「拳銃《ドウグ》を持ってるのか⁉」

「そういう隠語を使うんだから、堅気《かたぎ》じゃないやな」

才賀はオーストリア製のハンドガンを握って、相手に近づいた。やはり、二十七、八の
「どこに足《ゲソ》つけてんだ?」

「おれはサラリーマンだよ。やくざじゃない」

相手が言った。

才賀は口の端を歪《ゆが》め、前に踏み込んだ。男の股間を無言で蹴り上げる。相手が唸《うな》って、その場にうずくまった。歯を剝《む》いて痛みに耐えている。

才賀は男の後ろ襟《えり》を摑み、繁みの奥に引きずり込んだ。常緑樹の太い幹《みき》に相手の額を三度打ち据《す》えた。そのつど、男は呻《うめ》いた。

「どこの組員なんだ?」

「おれは商社マンだよ。丸菱《まるびし》商事に勤めてるんだ」

「ふざけるな!」

才賀はグロック26の銃把《グリップ》の底で、相手の頭頂部を叩いた。男が呻きながら、横に転がった。

「次は撃つぜ」

「やめろ、やめてくれ。おれは東門会《とうもん》石橋組の者だよ」

「名前は？」

才賀は畳みかけた。東門会は赤坂一帯を縄張りにしている暴力団だ。構成員は三千人弱だが、武闘派やくざが多い。

「糸川《いとかわ》、糸川靖《やすし》だよ」

「桐谷利典に頼まれて、おれの正体を探るつもりだったんだなっ」

「誰なんだよ、そいつは？」

「とぼけても、無駄だっ」

才賀は言うなり、糸川の腹を蹴った。糸川が動物じみた声を洩《も》らし、四肢を縮めた。

「撃《ハジ》かれたいのかい？」

「そ、そうだよ。桐谷さんに頼まれたんだ」

「『桐谷エンタープライズ』は、東門会の企業舎弟《フロント》なのか？」

「そうじゃねえよ。桐谷さんは一匹狼さ。うちの組が仕切ってる秘密カジノの常連さんなんで、ちょっと手を貸す気になったんだ。それだけなんだよ」

「桐谷利典は香港の『紅龍会《ホンロンホイ》』ともつき合いがあるな？」

「そのあたりのことはよく知らねえけど、桐谷さんが年に三、四回は香港に出かけてることとは確かだよ」

「奴の兄貴がテレビにもよく出てる弁護士の桐谷敏だってことは知ってるな?」

「ああ、知ってるよ」

「その兄貴が先日、香港の老舗広東料理店で『紅龍会《ホンロンホイ》』の馬《マー》って会長と何やら密談してたんだ。桐谷兄弟は、いったい何を企《たくら》んでる?」

「知らねえよ、おれは何も」

「桐谷利典の事務所で、香港マフィアらしい男を見かけたことは?」

才賀は訊いた。

「ないよ」

「陸《ルー》という名を聞いたこともないか?」

「ああ、ないね。あんた、何者なんだい? 筋嚙《すじか》んでるようにも見えるが、刑事《デカ》っぽくもあるよな」

「おれは商社マンさ。丸菱商事に勤めてるんだ」

「そのジョークには笑えねえな」

「桐谷利典は、どこかに別荘を持ってるか?」

「さあ、どうなのかね。そういう話は聞いたことないよ」

「奴は独身なんだな?」

「ああ。けど、つき合ってる女はいるよ。スージーって名のヤンキー娘さ。元スチュワーデスで、いまはモデルか何かをやってるみてえだな。彼女、週に一、二度、桐谷さんのとこに泊まってるみたいだぜ」

「桐谷はどこかに日本人の女を監禁してるようなんだが、おまえ、何か知ってるんじゃないのか？」

「おれは何も知らねえよ」

「そっちが正直者かどうか、ちょっとテストしてみよう」

才賀はスライドを滑らせた。初弾が薬室《やくしつ》に送り込まれた音が小さく響いた。

「な、何する気なんだ⁉」

糸川が震えを帯びた声で言い、肘《ひじ》を使って上体を起こした。才賀は屈んで、グロック26の銃口を糸川の眉間《みけん》に密着させた。

「頭と顔をミンチにされたくなかったら、おれの質問に正直に答えるんだな。桐谷兄弟は陸《ルー》に日本人の女性ビデオ・ジャーナリストを拉致させたな？　どうなんだっ」

「おれは知らねえよ。ほんとだって」

「その言葉を鵜呑《うの》みにするほど甘くないんだよ。片方の耳を吹っ飛ばしてやろう。奥歯を強く嚙み締めてろ」

「もう勘弁してくれよ」

糸川が涙声で訴えた。次の瞬間、股間から異臭が立ち昇りはじめた。恐怖のあまり、尿失禁してしまったのだ。

「桐谷には、おれに尾行をまかれたと報告しておけ。余計なことを喋ったら、おまえを殺す。ただの威《おど》しじゃないぞ。いいな、糸川！」

「わかったよ。あんた、何者なんだ？　それだけは教えてくれよ」

「おれは血に飢えた殺し屋さ」

「桐谷さん兄弟を始末する気でいるのか？」

「場合によっては、二人とも殺《や》ることになるだろうな」

才賀は腰を伸ばし、糸川の喉笛《のどぶえ》のあたりに蹴りを入れた。糸川が下生《したば》えの上を転げ回りはじめた。唸りは長く尾を曳《ひ》いた。

才賀は拳銃をベルトの下に戻し、繁みから出た。公園を出ると、クライスラーに歩み寄った。エンジン・キーを抜き取り、暗がりに投げ捨てる。

（こうなったら、桐谷利典を締め上げたほうが早そうだ）

才賀は覆面パトカーに乗り込み、赤坂に引き返した。

だが、桐谷利典の事務所兼自宅は真っ暗だった。外出しているようだ。

（独身の弟は、いつ帰宅するかわからない。兄貴のほうを先に締め上げるか）

才賀はエクスプローラーを桐谷弁護士の自宅に向けた。

『馬事公苑パレス』に着いたのは、三十数分後だった。才賀は車をマンションの手前に置き、アプローチの石畳を進んだ。

集合郵便受けで、桐谷の部屋を確認する。一二〇五号室だった。

出入口はオート・ロック・システムになっていた。居住者以外の者が勝手にエントランス・ロビーに入ることはできない。

才賀は集合インターフォンの前に立ち、部屋番号を押した。

ややあって、スピーカーから女性のしっとりした声が流れてきた。

「はい、桐谷です。どちらさまでしょうか？」

「弁護士仲間の佐藤《さとう》と申します。桐谷君は、ご在宅ですか？」

「今夜は帝都ホテルのパーティに出たあと、銀座に回ると言ってましたから、帰宅はだいぶ遅くなると思います。わたし、妻の秋乃です」

「お二人の結婚式に出席できなくて申し訳ありませんでした。あの日、運悪くインフルエンザで高熱を出してしまったもんですから。近くまで仕事で来たものですから、ちょっと寄らせてもらったんですよ。奥さんしかいないんだったら、部屋で待たせてもらうわけにはいかないな」

「ごめんなさい。わたし、これから出かけなければいけないんですよ」

「こんな時刻に!?」

「学生時代の友人と渋谷の映画館でナイト上映のイラン映画を観《み》ることになってるんで

す。もうじき無線タクシーが迎えにくることになってるんですよ」

「そういうことでしたら、出直すことにしましょう」

才賀は集合インターフォンから離れた。

そのとき、タクシー会社の制服を着た五十絡《がら》みの男が近づいてきた。彼は才賀に目礼すると、一二〇五号室のインターフォンを鳴らした。

「城南交通です。お迎えにまいりました」

「すぐに下に降りていきます」

秋乃が早口で応じた。才賀はアプローチを大股で歩き、通りに出た。タクシー・ドライバーが車に乗り込んだ。

才賀は覆面パトカーの運転席に坐り、パワー・ウインドーを下げた。少し待つと、『馬事公苑パレス』のアプローチから三十一、二の色っぽい美人が現われた。白っぽいスーツを着ていた。

「お待たせしました。桐谷です」

「四谷まででしたね？」

「はい、そうです」

桐谷夫人らしい美女がタクシーの後部座席に乗り込んだ。すぐにオート・ドアが閉められた。

（インターフォンで、秋乃は渋谷に行くと言ってたな。しかし、行き先は四谷らしい。美人妻は結婚生活に失望して、浮気してるんだろうか。そうだとしたら、彼女から桐谷弁護士のことを聞きやすくなるな）

才賀はパワー・ウインドーを上げ、発進したタクシーを追尾しはじめた。

タクシーは玉川通りに出ると、そのまま青山通りを道なりに進んだ。北青山から四谷方面に向かった。

タクシーが停まったのは、新宿通りに面した深夜レストランだった。秋乃と思われる女は急ぎ足で店内に入り、奥のテーブル席についた。

そこには、二十七、八の男がいた。知的な容貌で、上背もありそうだった。

才賀は車をレストランの駐車場に入れ、十分ほど時間を遣《や》り過ごした。それから彼は店内に入り、秋乃らしい女と背中合わせに坐った。サーロイン・ステーキを注文し、煙草に火を点ける。

「結局、ぼくとのことは火遊びだったんだ？　そうなんだろ、秋乃？」

「達也《たつや》、それは誤解よ。わたしはあなたを本気で愛してるわ。五つも年下だけど、あなたを尊敬もしてる」

「それだったら、不幸な結婚生活には終止符を打つべきだよ。旦那は愛人に入れ揚げてて、秋乃のことはメイド扱いしてるんだろ？」

「そんな屈辱的な思いまでしてるのに、なんで桐谷氏と別れようとしないんだ？　ぼくには、それがわからないな」

「えぇ、まあ」

「達也がもどかしがるのは、よくわかるわ。それだけ真剣に想《おも》われて、とっても嬉しいと思ってる。でもね、わたしたち結婚はしないほうがいいのよ」

「なぜ？　ぼくが二流の広告代理店の社員で、給料も安いからかい？」

「金銭的なことを言ってるんじゃないの。あなたはまだ若いから、年上の女がどこか神秘的に見えるかもしれないけど、わたしはある意味で、汚れてるの。ふつうのＯＬだったわけじゃないのよ」

「おおよその想像はつくよ。『コニー』に勤めてたころ、川手会長に特別に目をかけられてたんだろ？」

「達也がどうして、それを知ってるの⁉」

秋乃は心底、びっくりした様子だった。

「怒らないで聞いてほしいんだ。ぼくはね、興信所を使って、秋乃の過去を調べてもらったんだよ。きみが桐谷氏と別れたがらないことが不思議だったんでね」

「達也がそんなことまでしてたなんて、とてもショックだわ。わたしが昔、川手の世話になってた女と知って、さぞ幻滅したことでしょうね？」

「正直に言って、いい気持ちはしなかった。でも、過去は過去だよ。ぼくは、いまの秋乃が好きなんだ。ただね、過去と訣別《けつべつ》したくて、愛してもない男と結婚した秋乃の神経が理解できないんだよ。きみが旦那に裏切られても、別れようとしない理由もわからないな」

「それは、さっき言ったでしょ？」

「さっきの話は本心じゃないはずだ。この際だから、はっきり言わせてもらう。秋乃、きみは贅沢《ぜいたく》な暮らしを棄《す》てられないんじゃないのか？　秘書時代はかなりの額のお手当を貰ってたんだろうし、名の知れた弁護士の稼ぎも悪くないだろうしな」

「そう思いたいんだったら、そう思えばいいわ」

「開き直るのかっ」

「ううん、そうじゃないわ。わたしは達也のことを本気で愛してしまったから、不幸にしたくないのよ」

「ぼくは、秋乃をかけがえのない女性だと思ってる。だから、過去のことに拘《こだわ》るつもりはないし、人妻であることもわかった上でプロポーズしてるんだ。ぼくとのことが本気なら、旦那と別れてくれるはずじゃないか」

「いずれ桐谷とは別れることになると思うわ。二人の間に愛情は生まれないとはっきりと覚《さと》ったからよ」

「だったら、最初っから桐谷弁護士と結婚なんかしなければよかったんだ」

「ええ、いまはそう思ってるわ。でもね、わたしは人生をリセットしたかったの。いつまでも川手の玩具《おもちゃ》になってたら、取り返しのつかないことになると思ったわけ。ある意味では、桐谷を利用したと言えるのかもしれないわ。彼がお見合いパーティで積極的に近づいてきたんで、押し切られる形で結婚してしまったの」

「でも、旦那には独身のころから交際してた愛人がいた。その彼女は貧しい家庭に育って、義務教育しか受けてない。だから、弁護士の妻としてはふさわしくないというわけで、旦那は秋乃と結婚したわけだ？」

「そうなんだと思うわ、多分ね」

「だったら、桐谷氏だって、秋乃を利用したってことになる。いつまでも仮面夫婦をつづけてたら、どちらも不幸になるだけだよ。さっさと別れるべきだ」

「ええ、そうね。桐谷と別れても、やっぱり達也とは再婚できないわ」

「やっぱり、ただの遊びだったのか」

達也が嘆《なげ》いた。

「そうじゃないの、そうじゃないのよ。達也はまだ二十代だから、自分の気持ちを貫《つらぬ》き通したいと思うだろうけど、そういう若さは長くは維持できないものだわ」

「ぼくの愛は変わらないよ、ずっとね」

「三十代になれば、永遠《とわ》の愛が幻想だってことを知ると思う。悲しいことだけど、人の心は移ろいやすいものなのよ。どんなに燃えさかった炎も、いつかは小さくなってしまうの。仮にわたしが桐谷と別れて、達也と再婚しても、うまくいくのは数年だと思うわ」

「そんなことないよ」

「ううん、きっと情熱の季節は終わってしまうはずよ。そうなったら、おそらく達也はわたしの過去に拘《こだわ》るでしょうね。そして、わたしと一緒になったことを悔やむと思うわ」

「勝手に決めつけないでくれよ」

「だけど……」

「もう何も言わないでくれ！」

二人は気まずく黙り込んだ。

ちょうどそのとき、才賀のテーブルにサーロイン・ステーキが届けられた。すぐにナイフとフォークを手に取って、耳をそばだてる。

秋乃の不倫相手は煙草を吹かしはじめたようだ。秋乃はワインを口に含んだ様子だった。

（弁護士夫人は、あまり幸せではないようだな。いい女なのに……）

才賀は肉を頬張りながら、何か保護本能めいたものが頭をもたげるのを感じた。

「秋乃が言ってたことは、どうもきれいごとに思えてきたな」

先に沈黙を破ったのは、達也という青年だった。

「きれいごと？」

「ああ。ぼくのことを本気で想ってるから、旦那と別れて再婚するつもりはないなんて、どう考えても嘘臭いよ。なんだかんだ言っても、リッチな生活をつづけたいんだろう？」

「そうじゃないって、さっき言ったでしょ？」

「だったらさ、とりあえず今月中に旦那と別れてくれよ。そうしたら、秋乃の愛情が本物だと信じるから」

「子供っぽいことを言わないで。今月中なんて、とても無理よ」

「まだ旦那に未練があるのか」

「つまらないことを言わないでちょうだい。達也とは、できるだけ長くつき合いたいと思ってるの。だから、わたしを追いつめるようなことは言わないで」

「でもさ……」

「いつものホテルに部屋を取ってくれたんでしょ？」

秋乃が声を潜《ひそ》めた。

「うん、それはね」

「とにかく、部屋に移ろう？　いつものように濃密な時間を過ごせば、妙な蟠《わだかま》りは消えると思うわ」

「今夜は、ここで別れよう。ぼく、自分の部屋で寝るよ。朝まで眠れないと思うけどね」

「もう終わりにしたいってことなの？」

「そういうわけじゃないけど、二人のこれからのことをじっくり考えてみたいんだよ。これ、ホテルのカード・キー。悪いけど、秋乃がフロントに返してくれないか」

「達也……」

「二、三日中に必ず連絡するよ。それじゃ、お寝《やす》み！」

達也が立ち上がり、足早に店から出ていった。秋乃は追い縋《すが》る素振りを見せたが、浮かせた腰をソファに戻した。

（年下の不倫相手にも、そっぽを向かれちまったか。よくよく男運が悪いんだろうな）

才賀はそう思いながら、サーロイン・ステーキを平らげた。

そのとき、秋乃が赤ワインをボトルでオーダーした。自棄酒《やけざけ》を呷《あお》る気になったようだ。

秋乃が運ばれてきたワインをハイ・ピッチで飲みはじめた。

才賀は頃合《ころあい》を計《はか》って、おもむろに立ち上がった。秋乃のかたわらに立つ。気配で、桐谷の妻が顔を上げた。

「何か？」

「浮気相手の達也って奴、あなたを置き去りにして消えちゃったね」

「あっ、その声は……」

「ご主人の弁護士仲間と言ったのは、でたらめなんですよ。しかし、あなたが桐谷敏さんの妻であることはわかってる」

「何者なんですか、あなたは？」

「ちょっと事情があって、自己紹介するわけにはいかないんですよ」

「もしかしたら、桐谷の事務所の新しい調査員の方なんではありません？　それとも、興信所の方なの？」

「どちらでもありません。それより達也君のことをいま桐谷弁護士に告げ口すると、困るでしょ？　まだ彼に未練があるようだから」

「どうすれば、達也のことを夫に内緒にしといてもらえるんですか？」

「場所を変えましょうよ」

才賀は言って、レジに向かって歩きだした。

3

ツイン・ベッドの部屋だった。

ＪＲ飯田橋駅近くにあるシティ・ホテルの一室だ。八階だった。

「どうぞ入ってください」

秋乃が硬い表情で促《うなが》した。

才賀は黙ってうなずき、室内に入った。秋乃がドアを閉めた。

「達也のこと、夫には黙っててほしいんです」

「ちょっとした浮気だったということか」

「いいえ、浮気なんかじゃありません。本気で達也のことを愛しています」

「それなら、ご主人と別れて、年下の彼の許《もと》に走ってもいいんじゃないのかな？」

「レストランでどこまで聞かれたのかわかりませんけど、わたし、達也に後悔させたくないんです。五つも年上の女には、そのうち飽《あ》きてしまうはずです」

「そんなふうに思い込むのはよくないんじゃないのかな。年上の女と結婚して、うまくやってる男は大勢いますよ」

「ええ、確かにね。でも、わたしは二十代の前半に年下の医大生とつき合ったことがあるんです。そのとき、辛い別れ方をしたもんですから……」

「それで、つい臆病《おくびょう》になってしまうんだ？」

「多分、そうなんでしょうね。ところで、いま手持ちは十五、六万しかありません。きょう、十万円差し上げます。それで、後日、百万ぐらいなら、お渡しできます」

「金には困ってないんだ。それに、こっちは恐喝屋じゃない」

「わかりました。そういうことでしたら、わたし、先にシャワーを浴びさせてもらいます」

「そういう安っぽい台詞《せりふ》は、美しい人妻には似合わないな」

「でも、口留《ど》め料を受け取っていただけないとなったら、あなたに抱かれるほかないわけでしょ?」

「あなたは魅力的な女性だ。男なら、一度は抱いてみたいと思うだろう。しかしね、相手の弱みにつけ込んだりしたら、男が廃《すた》るってもんだ」

「わたし、どうすればいいんです?」

「とにかく、坐ろう」

才賀はコンパクトなソファ・セットに歩み寄り、先に腰かけた。秋乃が迷いながらも、ソファに浅く坐った。向かい合う位置だった。

「桐谷と同業だというのは、嘘なんですね?」

「ああ。身分は明かせないが、ある拉致事件に桐谷弁護士が関与してる疑いがあるんですよ。そこで教えてほしいんだが、旦那は十日ほど前に香港に出かけたね?」

「ええ。現地の日本法人の商法トラブルの処理をすると言って、二泊三日で海外出張したんです」

「その会社の名は?」

「わかりません。夫は仕事のことは、わたしにはほとんど話してくれないんです。香港での宿泊先も教えてくれませんでした」

「夫婦の仲は冷え切ってるようだな」

「否定はしません。桐谷はわたしから『コニー』に関する情報を引き出す目的で接近してきて、プロポーズしたんだと思います。四谷のレストランであなたの耳にも入ったでしょうが、結婚前、わたしは川手会長の秘書であり、愛人でもありました」

「旦那は何か川手という会長に恨みでもあったのかな？」

才賀は何も知らない振りをして、誘い水を撒《ま》いた。

「ええ。夫の父親は、十年前まで『シンプル』という衣料スーパーのオーナー社長をやってたんです。しかし、『コニー』に買収されてしまったんです。おそらく川手が汚い手を使って、『シンプル』の業績を悪化させたんだと思います。川手は自分が欲しいと思ったものはどんな手段を用《もち》いても、絶対に手に入れる男なんです」

「そう」

「『シンプル』を乗っ取られた夫の父親は前途《ぜんと》を悲観して、青酸化合物を服《の》んで自殺してしまったんです。それから間もなく、義母も病死しました。いろいろ心労が重なって、五十そこそこで亡くなってしまったんです」

「あなたの旦那は、両親を追い詰めたのは『コニー』の川手会長だと思ってるわけだ？」

「ええ、そうです。夫だけではなく、弟の桐谷利典もそう考えてるはずです。兄弟はどんな方法を使ってでも、『コニー』を買収したいと思ってるようです。乗っ取りに失敗したら、川手会長を殺害する気でいるんでしょう。それほど二人は、川手を憎んでるんです」

「なるほど」

「それだから、桐谷はわたしを妻にして、川手個人のことや『コニー』の企業秘密をあれこれ探ろうとしたんでしょう」

「ちょっと待ってください。そういうことが目的なら、わざわざあなたと結婚する必要はなかったと思うんだがな。恋人か愛人でも情報を得られたはずだ」

「ええ、そうですね。桐谷は狡賢《ずるがしこ》い人間だから、わたしを妻にすることによって、『コニー』に対して何も含むものはないと見せかけたかったんでしょう。わたしは長いこと川手の秘書を務《つと》め、愛人でもあったわけですから」

「あなたとの結婚は、川手会長の目を欺《あざむ》くためだったというわけか」

「それは間違いないと思います」

秋乃が言って、哀《かな》しげな表情になった。伏せられた長い睫毛《まつげ》が父性愛を搔《か》き立てた。

「何か確信ありげな口調だな」

「こんなことは他人《ひと》に話すべきではないんですが、新婚初夜から桐谷は一度もわたしを抱いてないんです」

「まさか!?」

「事実です。夫は全裸のわたしをベッドに横たわらせ、前戯だけを施《ほどこ》し、言葉でいじめつづけるだけなんです」

「どんなふうに？」

「具体的なことは言えません」

「間違ってたら、謝ります。旦那は、あなたの官能を煽《あお》りながら、かつてのパトロンの川手氏がどんなふうに指を使ったかとか、どういう口唇愛撫を好んだか答えろと迫ったんじゃないのかな？」

才賀は、あけすけな質問をした。秋乃が顔を赤らめ、下を向いた。図星だったらしい。

「変態じみたことをするんだな」

「ええ、まともじゃありませんね。黙っていると、素肌に煙草の火を押しつけられるんです。だから、仕方なく……」

「そんな非人間的な扱いをされても、別れない理由は何なんです？」

「わたし、桐谷に仕返ししてやりたいんです。あの男が絶頂期を迎えたら、破滅に追い込んでやるつもりです」

「そういうことだったのか。それなら、こっちに協力してもらえそうだな」

「協力？　どういうことなんです？」

「桐谷弁護士は香港滞在中、現地の『紅龍会《ホンロンホイ》』というマフィア組織の馬宗璋《マーゾンザン》会長と老舗広東料理店で親しげに会食してたらしいんだ」

「夫が香港マフィアのボスと会ってたなんて、信じられません」

「そうかもしれないが、それは事実だと思う。桐谷弁護士はテレビにもコメンテーターとして、ちょくちょく出演してるから、世間の人たちに顔を知られてる。だから、人違いということはないはずです」

「そう言われると、確かに……」

「わたしの知り合いの女性ビデオ・ジャーナリストがたまたま同じ店に入って、奇妙なツウ・ショットに気づいたんだ。それで彼女は、あなたの旦那と馬《マー》会長が会食してるとこをビデオでこっそり撮影した」

「夫は、そのことに気づいたのかしら?」

「二人のうちのどちらかが盗み撮《ど》りされたことに気づいたようです。だから、そのビデオ・ジャーナリストは帰国した翌日の夜、新宿のホテルの地下駐車場で中国人の二人組に拉致されてしまった。犯人のひとりが喫《す》ってた中国製の『中南海』という煙草の吸殻が現場に遺《のこ》されてたんだが、そのフィルター部分から馬《マー》の手下の陸許光《ルーシエグアン》という奴の指紋が検出されたんだ」

「それでは、香港マフィアが女性ビデオ・ジャーナリストを連れ去ったんでしょうね。当然、夫がそのことを知らないわけありません。桐谷は馬《マー》とかいうボスと共謀したんだと思います」

「そう考えてるんだ、こっちもね。彼女は拉致されたきり、消息不明なんだよ」

「どこかで、もう殺されてしまったんじゃないかしら？」

「まだ殺されてはないと思う。拉致された彼女はだいぶ拷問されたんだろうが、問題のビデオ・テープのありかを喋ってないようなんだ」

才賀は、関東テレビのビデオ編集室に広東語を使う男たちが忍び込んだという話を伝えた。

「それなら、あなたの知り合いの女性ビデオ・ジャーナリストは生きてるんでしょうね」

「そうあってほしいと思ってる」

「桐谷は香港マフィアの親分に何か頼みごとがあって、向こうに行ったんでしょうね。いったい何を頼んだのかしら？」

「それが、まだはっきりとしないんだ。旦那の口から、並木稔という名を聞いたことはある？」

「いいえ、ありません。その方は？」

「『コニー』の川手会長の隠し子だよ。昔の愛人の並木祐子に産ませた子なんだ。川手は、その子を認知してない」

「川手は女狂いだから、若いころから常に愛人が二、三人いたようですよ。わたしが世話になってるころも、小料理屋の女将《おかみ》とつき合ってましたから」

「そう。その並木稔は、もう死んでるんだ」

「まだ若かったんでしょ？」

秋乃が言った。才賀は死刑囚だった並木が焼け死ぬまでのことを手短に語った。

「あなたは、桐谷が川手の隠し子を巧《たく》みに東京拘置所から釈放させて、ヒスパニック系の男にわざと衝突事故を起こさせたと考えてるんですか？」

「その可能性もあるかもしれないが、どうもそうではないような気がしてるんだ。しかし、女性ビデオ・ジャーナリストの拉致には、桐谷弁護士が関与してることは間違いない」

「多分、そうなんでしょうね」

「まずは、その彼女を救い出したいんだ。そこで旦那がかわいがってる人間がいたら、教えてほしいんですよ」

「その人を使って、桐谷を誘《おび》き出すつもりなんですね？」

「うん、まあ。レストランで耳にしたんだが、旦那には結婚前から交際してた女がいるとか？」

「ええ。プロのダンサーをやってる榎《えのき》七瀬《なななせ》って、二十七歳の女性よ」

「その彼女の住まいはわかる？」

「はい。港区三田の『カーサ三田』というマンションの六〇二号室に住んでます。桐谷が七瀬さんのことを愛人だと堂々と言って、自宅マンションまで教えてくれたんです。あの男は、わたしをいじめて、歪《ゆが》んだ歓《よろこ》びを味わってるんですよ」

「愛人のマンションに旦那が泊まることも多いのかな？」

「週に二日は、愛人宅に泊まってます」

「今夜は？」

「多分、七瀬さんの部屋に泊まるんだと思います」

「ほかに目をかけてる人物はいるのかな？」

「桐谷は、実の弟の利典さんはとてもかわいがってます」

「その彼のことはわかってる。ほかに誰かいないだろうか？」

「夫が愛情を注いでるのは、七瀬さんと利典さんの二人だけだと思うわ。それから、自宅で飼ってるミニチュア・ダックスフントは大事にしてますね。二歳のオスなんですけど、桐谷にとても懐《なつ》いてるんです」

「そう。話は違うが、正体不明の人物が何人ものダミーを使って、『コニー』の株を十七パーセントも買い集めたという情報を掴んだんだ。旦那が『コニー』の経営権を狙ってるなんてことを洩らしたことは？」

「一度もありません。ただ、企業合併・買収《M&A》に関する書物はだいぶ以前から熱心に読んでましたね」

「そう。外国の投資会社と接触してる様子は、どうです?」

「そういうことはないと思います。だけど、義弟と組んで、倒産会社の在庫商品や担保不動産を安く譲り受けて、転売で儲けてるみたいですね」

「桐谷利典は企業コンサルタントと自称してるようだが、その素顔は裏経済界で暗躍してるんだろう。前科歴もあるからね」

「そうなんですか⁉ そのことは、まったく知りませんでした。夫と義弟はダーティ・ビジネスで荒稼ぎして、裏金をダミーたちに渡してるんでしょうか? そして、『コニー』の株を少しずつ買い増して、いずれは筆頭株主になる気でいるのかしら?」

「そう考えてもいいと思う。そんなことよりも、失踪中のビデオ・ジャーナリストを早く救い出したいんだ。あなたが夫を破滅に追い込みたいんだったら、こっちに協力してほしいな。スパイになってくれたら、達也という彼のことは誰にも言わない」

「わかりました。あなたに協力します」

「ありがとう。それじゃ、そっちの携帯のナンバーを教えてもらおうか」

「はい」

秋乃がゆっくりと電話番号を口にした。才賀は、その場で自分の携帯電話に秋乃のナンバーを登録した。

「あなたは捜査機関の方なんでしょ?」

「その質問には答えられないな。しかし、裏社会の人間じゃないから、安心してくれ。本名も教えるわけにはいかないから、〝マングース〟と名乗っておこう。こっちの綽名《あだな》なんだよ」

「相手を咬《か》んだら、必ず息の根を止めてしまうような性格なのね？」

「悪党どもにはね。しかし、女には荒っぽいことはできないんだ」

「それは事実みたいですね。悪い奴なら、達也のことをちらつかせながら、わたしをベッドに押し倒してたでしょうから」

「女は大好きだが、怯《おび》えさせて抱くもんじゃない。優しく抱かなきゃな」

「大人なんですね」

「ガキだよ、まだ。他人と妥協するのは、恥ずかしいことだと心のどこかで思ってるからね」

「そんなふうにちゃんと自覚できることが、大人の男の証拠なんじゃないかしら？　本人はれっきとした大人と思い込んでる子供っぽい男ばかりだから、〝マングース〟さんが頼もしく見えます」

「なら、ついでにおれに体を任せてみるかい？」

「えっ!?」

「冗談だよ。ちょくちょく電話するから、旦那の動きを教えてほしいんだ」

「わかりました」

秋乃が笑顔で答えた。

そのすぐあと、部屋のドア・ノブが小さく鳴った。秋乃が坐ったまま、上体を捻《ひね》った。

部屋に入ってきたのは、達也という青年だった。

「達也……」

秋乃が弾《はじ》かれたようにソファから立ち上がった。

「ちょっと大人げなかったと思って、ここに来たんだ。そしたら、秋乃は別の男をしっかりくわえ込んでた」

「下品な言い方しないで。達也は誤解してるのよ。こちらにいる男性は、わたしの幼馴染《おさななじ》みなの。廊下で偶然に出くわしたんで、ここで昔話をしてただけよ」

「秋乃ちゃんの言う通りです」

才賀は、とっさに話を合わせた。

「ほんとなんですね？」

「ああ。われわれが妙な関係なら、ドアの内錠を掛けてるはずです。ドアはロックされてなかったでしょ？」

「それも、そうですね。おかしなことを言って、すみませんでした」

達也という青年が詫《わ》びた。才賀はにこやかにうなずき、秋乃に顔を向けた。

「久しぶりに会えて嬉しかったよ」

「わたしも……」

「それじゃ、おれは失礼するよ」

「お寝《やす》みなさい」

秋乃が言って、軽く頭を下げた。

才賀は出入口に足を向けた。すると、達也が行く手を阻《はば》んだ。

「はっきりと思い出したぞ。おたく、四谷のレストランにいたよな。秋乃の背中合わせに坐って、サーロイン・ステーキを注文してた。そうだよね？」

「わたしは、夕方からずっとホテルの部屋にいたよ。それで、カクテル・バーに行こうと思って廊下に出たら、秋乃ちゃんにばったり会ったんだ。で、十五分ほど思い出話に耽《ふけ》ってたんだよ」

「いや、レストランにいたのは、おたくだった。ぼくが店を出てから、秋乃に言い寄ったんだな。おい、白状しろ！」

「何を言いだすんだ」

才賀は苦笑し、横に動いた。と、達也が才賀の胸倉《むなぐら》を両手で摑んだ。

（仕方ない）

才賀は、相手の鳩尾《みぞおち》に逆拳《ぎゃくけん》を深くめり込ませた。達也が唸りながら、水を吸った泥人形のように頽《くずお》れた。

秋乃と目が合った。才賀は拝む真似《まね》をして、そそくさと部屋を出た。

4

南欧風の建物だった。

外壁は殴り仕上げの白壁で、庇《ひさし》にはオレンジ色のスペイン瓦《がわら》が載っている。『カーサ三田』だ。

才賀は覆面パトカーをマンションの白い塀《へい》に寄せた。エンジンを切ったとき、彦根刑事部長から電話がかかってきた。

「数十分前に三宮《さんのみや》のクラブで、神戸連合会の難波厚盛《なんばあつもり》理事、五十八歳が楊大容《ヤンダーロン》という中国人に射殺された。楊《ヤン》は難波のボディ・ガードに腹を撃たれて、その場で取り押さえられ、駆けつけた兵庫県警機動捜査隊の初動班員に緊急逮捕されたそうだ」

「その楊《ヤン》という男は、香港の『紅龍会《ホンロンホイ》』のメンバーだったんですね？」

「さすが才賀君だな。その通りだよ。楊《ヤン》は会長の馬《マー》に難波の顔写真とメモを渡され、偽造パスポートで日本に潜《もぐ》り込んで、襲撃のチャンスをうかがってたと供述してるそうだ。凶器のベレッタは、こっちで入手したと言ってるらしい」

「香港マフィアが関西のどこかに拠点を作ろうとしたとは思えませんね。神戸、大阪、京都の極道たちは外国人不法残留者をうまく利用してますが、チャイニーズ・マフィアの進出は許してませんから」

「そうだね。わたしはね、難波理事の殺害の依頼人は弁護士の桐谷敏じゃないかと睨《にら》んだんだが、どう思う？」

「ええ、考えられますね。というよりも、きっとそうでしょう。それで、桐谷はわざわざ香港に渡って、『紅龍会《ホンロンホイ》』の馬《マー》会長に会ったんでしょう」

「ああ、多分ね。しかし、弁護士自身が大阪一帯に睨みを利かせてる神戸連合会難波組と直《じか》にトラブルを起こしたとは考えにくい。難波理事と何かで揉めたのは、弟の桐谷利典だと思うんだ」

「わたしも、そう思います。桐谷弁護士の弟は関西で倒産した会社の整理をして、自分だけ甘い汁を吸ったんでしょう。顔を潰《つぶ》された難波は何かきつい仕返しをしたんではないのかな？」

「才賀君、桐谷利典は五体満足だったのかね？」

「ええ。小指《エンコ》も落とされてませんでしたね」

「それなら、決着《オトシマエ》として億単位の詫び料を払わされたんだろう。いや、それ以上のことをされたにちがいない」

「ええ、おそらくね。それで桐谷利典は、兄貴に泣きついた。関東のやくざに尻《けつ》を持ってもらうことも可能だが、相手は最大組織の理事です。下手をしたら、東西抗争の火種《ひだね》を蒔《ま》くことにもなりかねません」

「そうだね」

「桐谷兄弟は相談の結果、香港マフィアの力を借りることに決めた。多分、弟のほうが馬《マー》会長と面識があったんでしょう。しかし、彼自身が香港に出向いたら、何かと都合が悪い。で、兄貴が『紅龍会《ホンロンホイ》』の会長に会って、難波の殺害を依頼したと思われます」

「そうなんだろうな。それだから、桐谷兄弟はなんとか大伴梨沙の撮ったビデオを回収したかった。その結果、彼女は陸《ルー》たち『紅龍会《ホンロンホイ》』のメンバーに拉致され、どこかに監禁されることになった。大筋は間違っていないと思うんだがね」

「その通りなんだと思います」

才賀はそう言い、極秘捜査の中間報告をした。

「それじゃ、これから桐谷弁護士の愛人宅に押し入る気なんだね？」

「ええ。桐谷が榎七瀬の部屋にいなかったら、彼女を人質に取って、二枚目弁護士を誘《おび》き出すつもりです」

「そうか。才賀君、用心しろよ。桐谷兄弟は香港マフィアを用心棒《ケツモチ》にしてるんだ。油断してると、殉職することになるぞ」

「わかってます」

「何か動きがあったら、一報してくれ」

刑事部長が先に電話を切った。

才賀は携帯電話を懐に収め、グローブ・ボックスから護身銃を取り出した。グロック26をベルトの下に差し込み、静かにエクスプローラーから降りる。夜は更けていた。

あと数分で、午後十一時になる。

才賀は『カーサ三田』の表玄関まで大股で進んだ。出入口はオート・ロック・システムにはなっていなかった。管理人室も見当たらない。

才賀はエレベーターに乗り込み、六階に上がった。六〇二号室の窓は明るい。

青い玄関ドアに耳を寄せる。ダンス・ミュージックがかすかに響いてくるが、人の話し声は聞こえない。どうやらパトロンの桐谷はいないようだ。

才賀はインターフォンを鳴らした。

ややあって、女の声で応答があった。

「先生、渡したスペア・キーを落としちゃったんでしょ？」

「わたし、桐谷敏法律事務所の者です。あなたは榎七瀬さんですね？」

「うん、そう」

「所長の言いつけで、書類をお届けにきました」

才賀は、もっともらしく言った。

「書類って、何なの？」

「それは、わかりません。ただ、所長はあなたを早く喜ばせてやりたいと言ってました」

「わかったわ。先生、あたしが欲しがってたBMWのスポーツ・カーを買ってくれたのね。いま、ドアを開けるわ」

スピーカーの声が途切れた。

才賀は少し退《さ》がって、グロック26の銃把に手を掛けた。その直後、ドアが開けられた。

現われた部屋の主は黒いタンクトップ姿だった。下は白いショート・パンツだ。

キュートな顔立ちで、肉感的な肢体《したい》をしている。プロポーションは申し分ない。

「大声を出さないでもらいたい」

才賀は玄関に入り、銃口を七瀬に向けた。

「あ、あんた、誰よ！　先生のとこのスタッフじゃないわねっ」

「気丈《きじょう》だな。この拳銃はモデルガンじゃないんだがな」

「何者なのよ。七瀬はね、人に恨まれることなんかしてない」

「二十七にもなって、自分のことを七瀬と言ってるのか。ちょっと稚《おさな》いな」

「いいじゃないのよ。子供のころからの癖なんだからさ」

「パトロンは来てないんだな？」

「あたし、ひとりよ」

「ちょっと上がらせてもらうぜ」

「困るわ。出ていってよ」

七瀬が後ずさりながら、顔をしかめた。

才賀は勝手に靴を脱ぎ、玄関ホールに上がった。七瀬が短い廊下を走って、居間に逃げ込んだ。すぐに彼女はガラスの嵌《は》まった白い格子扉を閉め、肩口で押さえた。

だが、所詮《しょせん》、女の力だ。ドアを強く押しただけで、七瀬はフローリングの床に倒れた。

才賀は居間に足を踏み入れた。十五畳ほどの広さだった。右手に洋室、左手に和室がある。間取りは2ＬＤＫだろう。

「あんた、押し込み強盗なんでしょ！」

七瀬がそう言いながら、起き上がった。

「おれは、そんなケチな男じゃない。そっちのパトロンに会いたいだけだ。それはそうと、着てるものをすべて脱いで、素っ裸になってくれないか」

「あんた、あたしをレイプする気なのねっ」

「勘違いするな。桐谷がここに来るまで、そっちを人質にするだけだよ」

「それだけなら、別に裸にすることはないじゃないの？」

「素っ裸にしておけば、逃げられなくなるじゃないか」

「あたし、逃げないって」

「いいから、言われた通りにするんだ」

「裸にならなかったら？」

「そっちの大事なとこに銃身を突っ込む。照準《サイト》で傷ついて、血まみれになるだろうな」

才賀は凄《すご》んだ。むろん、単なる威《おど》しだった。女に手荒なことをする気はない。

「いやよ、そんなの」

「だったら、素直に命令に従ってほしいな」

「まいったなあ」

七瀬がぼやいて、後ろ向きになった。タンクトップを脱いだ。ブラジャーはしていなかった。ショート・パンツとパンティを一緒に足首に落とした。

熟《う》れた裸身は神々《こうごう》しいまでに白かった。七瀬は脱いだ衣類をひとまとめにすると、リビング・ソファに腰かけた。丸めた黒いタンクトップで股間を隠し、砲弾型の乳房を抱え込むように両腕を交差させた。

才賀はグロック26をベルトの下に滑らせ、視線を巡らせた。サイド・テーブルの上に、パーリー・ピンクの携帯電話が載っていた。

「桐谷の携帯に電話をかけてくれ」

「変な男が部屋に押し入ったって言えばいいのね？」

「そうだ。そのあとは、おれが桐谷に指示するよ」

「先生とあたしを撃ち殺すつもりなの？」

「おれを怒らせなければ、拳銃の引き金は絞らない」

「それを聞いて、少し安心したわ」

七瀬が片腕を伸ばして、自分の携帯電話を掴み上げた。

すぐに彼女は数字キーを一度だけ押した。パトロンのナンバーは、短縮番号で登録してあるのだろう。

「あっ、先生ね？　あたしの部屋にピストルを持った男が押し入ってきたの」

「………」

「ほんとだってば。冗談なんかじゃないの。いいわ、いま、その男に替わる」

七瀬がパトロンに言って、携帯電話を差し出した。才賀は、それを受け取った。

「弁護士の桐谷敏だな？」

「そうだが、きみは誰なんだ？」

「自己紹介は省《はぶ》かせてもらう。あんたの愛人は、生まれたままの姿でソファに坐ってる」

「七瀬を姦《や》ったのか!?」

「安心しろ。おれは、そのへんのチンピラじゃない？　ただし、あんたがこっちに来なければ、愛人に少し手荒なことをすることになるぜ」

「目的は金なんだな?」

　桐谷が訊いた。

「そうじゃない。ビデオ・ジャーナリストの大伴梨沙の監禁場所まで案内してもらいたいだけさ」

「誰なんだ、その女性は?」

「いまさら白々しいぜ。あんたが『紅龍会《ホンロンホイ》』の陸《ルー》たちに拉致させた女のことさ。梨沙は、まだ生きてるんだな?」

「質問の意味がわからないんだ」

「ふざけんな!　そっちはキンバリー・ロードの『福臨門《フーラムムン》』という広東料理店で、『紅龍《ホンロン》会《ホイ》』の馬宗璋《マーゾンザン》会長と密談した。それを梨沙がビデオでこっそり撮った。だから、陸《ルー》たちに彼女を拉致させ、マスター・テープのありかを白状させようと痛めつけた。だが、梨沙は未《いま》だに口を割っていない。そうだな?」

「なんの話か、さっぱりわからないんだ。嘘じゃない」

「狸《たぬき》だな。あんたの弟の利典は会社整理か何かで、神戸連合会難波組を怒らせた。で、組長の難波に何らかの形で詫びを入れることになった。そのことで恨みを持ち、馬《マー》会長に難波の始末を依頼した。そのことが表沙汰になると、危《ヤバ》いことになる。だから、なんとしてでも、スキャンダルの因《もと》になるビデオを回収したかった。どこか違うか?　望み通り、今夜、難波は三宮のクラブで射殺されたよ。組長の用心棒に腹を撃たれた楊《ヤン》は緊急逮捕された。あんたたち兄弟に捜査の手が伸びるのは、もう時間の問題だな」

「思い当たることは何もないが、すぐに七瀬の部屋に行く。彼女は、大事な女だからね」

「いま、どこにいるんだ？」

「銀座だよ」

「なら、三十分以内にこっちに来られるな？」

「もう少し時間をくれないか。酔ってしまって、頭がよく回らないんだ」

「十分だけ時間を延ばしてやろう。四十分以内に姿を見せなかったら、あんたの彼女を少し痛めつけることになるぞ」

「七瀬には手を出さないでくれ。教養のない女だが、気立てはいいんだ。男の心を癒《い》やしてくれるんだよ」

「女房よりも大切な女なんだ？」

「ああ、そうだよ。必ず七瀬の部屋に行くから、絶対に彼女には何もしないでくれ。頼むよ」

「わかった。待ってる」

才賀は終了キーを押し、七瀬の携帯電話をサイド・テーブルの上に置いた。それから彼は、七瀬の斜め前のソファに腰かけた。

「先生の愛が試《ため》されることになるのね。なんだか怖いな」

「桐谷は、だいぶそっちに惚れてるようだったぞ」

「うん、あたしのことは嫌いじゃないと思うわ。いろんな面で、とってもよくしてくれてるから。だけど……」

七瀬が言いさし、口を噤《つぐ》んだ。

「なんて言おうとしたんだい？」

「だけどさ、いざとなったら、人間は誰も自分のことを真っ先に考えるんじゃない？ 先生がここにのこのこやってきたら、あんたにひどい目に遭《あ》わされることになるんでしょ？」

「それは、桐谷弁護士の出方次第だな」

「そうなの。ね、ちょっと訊いてもいい？」

「何が知りたいんだ？」

「桐谷先生は悪人なの？ さっき香港マフィアを使って、女のビデオ・ジャーナリストを拉致したとか何とか言ってたわよね？ それから、関西の組長か誰かを殺させたともさ」

「ああ」

「それって、間違いなんじゃない？ だってさ、先生は弁護士なんだよ。法律家が犯罪に手を染めるなんて、ちょっと考えられないでしょ？」

「法律家だって、人の子さ。悪徳弁護士だっている。それはそうと、桐谷がどこか大手スーパーの株を買い集めてるって話を聞いたことはあるか？」

「そういう話は一度も聞いたことないわ。でもね、先生のお父さんが衣料スーパー『シンプル』の経営者だったって話は聞いたことがある。あたし、十代のころはいつもお金がなかったから、『シンプル』でよくTシャツや下着なんか買ってたの。デザインは垢抜《あかぬ》けないんだけど、安い割には縫製《ほうせい》がしっかりしてたのよね。それで、重宝してたのよ」

「そうか。桐谷の弟には会ったことあるのか？」

才賀は問いかけ、煙草をくわえた。

「うん、四、五回会ってるよ。先生には内緒だけどさ、弟さんのほうが好みのタイプなの。なぜだかあたし、ちょっと危ない感じの男に魅力を感じちゃうの。利典さんはどこか崩れた感じなのよ。やっぱり、男は不良っぽさがないと、つまんないじゃない？　悪党《ワル》だけど、どこかピュアな一面があったら、もう最高ね」

「桐谷利典は危険すぎるよ。奴は企業コンサルタントを表看板にしてるが、その素顔は経済やくざのようだからな」

「そんなふうには見えないけどね。先生ほどじゃないけど、女には優しいの」

「それは、そっちが実兄の愛人だからさ」

「そうなのかな？」

「桐谷とは、どこで出会ったんだ?」

「あたしが週に一度踊ってる六本木のナイト・クラブのお客さんだったのよ、桐谷先生は。最初に会ったのは、もう四年近く前ね。それから先生は、毎週あたしのショーを観《み》に来てくれて、食事に誘ってくれたの」

「で、口説《くど》かれたんだ?」

「まあ、そういうことね。先生は生活の面倒は見てやるから、踊りの仕事はやめろと言ったの。でもね、あたしはダンスが好きなのよ。無心にステップを踏んでるときが最高にハッピーなの。学歴もコネもお金もない十五、六の女の子が生きるって、かなり大変だった。悔しい思いをさせられるたびに、リストカットしたくなったわ。だけど、踊ってる間は厭《いや》なことは何もかも忘れられるわけ。だからね、あたしは体が動く限り、ずっとずっと踊りつづけたいと思ってるの」

「そうすべきだな」

会話が途絶《とだ》えた。

電話を切ってから三十分が経過したころ、才賀は七瀬に衣服をまとわせた。

「あんた、根は悪い男性《ひと》じゃないんだね。服を着たら、気分が落ち着いたわ。ありがとう!」

「そんなふうに単純に物事を判断しないほうがいいな」

「えっ、どういうこと？」

「おれは、きみを弾除《たまよ》けにしようと考えてるんだ」

「弾除け？」

「そう。桐谷は、ここに殺し屋を差し向けるかもしれないからな」

「先生があんたを誰かに殺させるかもしれないって言うわけ？　そんなことするはずないわよ。先生は名の売れてる弁護士なのよ。そんな愚かなことをしたら、人生、台なしになるじゃないの？」

「人間は追いつめられると、理性を忘れてしまうものなんだ」

「それで、どうするわけ？」

七瀬が問いかけてきた。

「部屋の外で待とう」

「廊下に出たら、かえって危《ヤバ》いんじゃないの？」

「いや、そのほうが安全なはずだ」

才賀は七瀬の背を軽く押した。

二人は六〇二号室を出ると、非常口の近くの死角になる場所に身を潜めた。

それから間もなく、エレベーター・ホールの方から四十歳前後の男が歩いてきた。東洋人だが、日本人ではなさそうだ。頬骨が高く、頬がこけている。眼光は鋭かった。

どことなく荒《すさ》んだ印象を与える。『紅龍会《ホンロンホイ》』のメンバーかもしれない。

才賀はハンドガンの銃把を握った。

不審な男が六〇二号室の前で立ち止まり、腰の後ろから消音器付きの拳銃を引き抜いた。型《タイプ》まではわからなかった。形状はワルサーに似ている。

「ここで、じっとしてろよ」

才賀は七瀬に言って、グロック26をベルトの下から引き抜いた。

男が六〇二号室のドア・ノブに手を掛けた。

そのとき、七瀬が歩廊に走り出た。

「先生はどうしたのよ？　なんで、あたしの部屋に来てくれないわけ？」

「屈《かが》め、屈むんだ」

才賀は慌《あわ》てて七瀬の片腕を摑んだ。

男が体の向きを変えた。次の瞬間、点のような銃口炎《マズル・フラッシュ》が瞬《またた》いた。発射音は、ほとんど聞こえなかった。

まともに顔面を撃たれた七瀬が、ゆっくりと後方に倒れた。男が才賀に二弾目を放ってきた。

才賀は片膝を落とし、撃ち返した。

重い銃声が響いた。

標的の太腿を狙ったのだが、九ミリ弾は心臓部に命中した。相手が仰向《あおむ》けに倒れたまま、それきり動かない。

才賀は七瀬に駆け寄って、すぐに手首を取った。

脈動は熄《や》んでいた。

(後は、別働隊に処理してもらおう。居住者が歩廊《ほろう》に出てくる前に消えないとな)

才賀は非常口に向かった。

第四章　絡《から》み合う殺意

1

富士山が美しい。稜線《りょうせん》まで鮮やかに見える。眼下には、関東平野が拡《ひろ》がっていた。

才賀は、都庁第一本庁舎の四十五階にある展望室にいた。七瀬が撃ち殺された翌日の午後三時過ぎだ。

(晴れた日に高さ二百数十メートルの場所に立てば、関東一円と東海地方の一部まで眺《ちょう》望《ぼう》できるんだな。やっぱり、日本は小さな島国なんだ)

才賀は複雑な気分になった。意外な発見の底には、かすかな失望が横たわっていた。

地方からの見物人の団体が去ったとき、彦根刑事部長がさりげなく横に立った。

「ここに来るたびに、人間の存在がちっぽけに思えるよ。通行人は蟻《あり》よりも小さい」

「そうですね」

「『カーサ三田』の後始末は、別働隊の面々がうまくやってくれたよ。榎七瀬を死なせてしまったことは残念だが、きみが必要以上に自分を責めることはない」

「しかし、彼女は別にパトロンの片棒を担《かつ》いでたわけじゃないんです。やはり、後ろめたい気持ちですよ」

「あまり感傷的にならないほうがいいな。才賀君は、ただの刑事じゃないんだ」

「ええ、もっとクールになるべきなんでしょうがね」

「確証があるわけではないが、桐谷敏はきみと一緒に七瀬も片づけさせる気でいたのかもしれない。才賀君が射殺した男は、やはり馬《マー》の手下だったよ。張明海《チャンミンハイ》という名で、三十九歳だった。張《チャン》は二年前にマカオで中国系シンガポール人の貿易商を射殺して、国際指名手配中だったんだ。それから、凶器はワルサーP99だったよ」

「やっぱり、そうでしたか。それで、桐谷兄弟との接点は？」

「それが残念ながら……」

「なかったんですね？」

才賀は確かめた。

「そうなんだ。張《チャン》は偽造パスポートのほかに米ドルと日本の紙幣《しへい》を所持してただけで、名刺、住所録、携帯電話などは持ってなかったそうだよ」

「そうですか。しかし、状況証拠から張の雇い主は桐谷敏と思われます」

「ああ、それは間違いないね。それから、大阪府警から耳寄りな情報を入手した。桐谷弁護士の弟は去年の夏、難波組の組事務所に三日ほど監禁されてた事実がわかった。和歌山の倒産した製材会社の整理を巡って、難波組と揉めたんだ。名古屋の中京会の仲裁で手打ちになったんだが、桐谷利典は難波組長が所有してたフィッシング・クルーザーを三億五千万円で買わされてる。元値は八百万そこそこだったらしい」

「桐谷は、そういう形で〝詫び料〟を払わされたわけか。それで、桐谷兄弟は『紅龍会《ホンロンホイ》』の馬《マー》会長に難波組長の殺害を依頼したんだな」

「そうなんだろうね。桐谷弁護士は弟と面識のある馬《マー》と香港の広東料理店で直《じか》に会って、難波組長を始末してくれと頼んだ。そのとき、女性ビデオ・ジャーナリストに盗み撮《ど》りされてしまった」

「ええ。だから、大伴梨沙は拉致されたんでしょう。まだ桐谷兄弟は、問題のビデオ・テープを回収してないようです」

「ビデオ・ジャーナリストは毎日、拷問されてるにちがいない。才賀君、早く彼女を救出してやらんとな。それに状況証拠しかないから、桐谷を締め上げて自白に追い込んでほしいんだ」

「わかりました。インテリは暴力に弱いものです。桐谷弁護士をうまく誘《おび》き出して、とことん痛めつけてやります」

「何かいい手があるのかね？」

「ええ、まあ」

「そうか。三人の死刑囚を釈放させろと要求した謎の犯人は、その後ずっと沈黙を守ってる。やはり、目的は並木稔を亡《な》き者にすることだったんだろう」

「それは間違いないと思います。問題は『コニー』の川手会長に復讐心を燃やしてる桐谷兄弟がヒスパニック系の男を雇って、わざとトレーラーをタクシーにぶつけさせたかどうかです」

「そうだな。桐谷敏を締め上げるとき、そのことも探ってみてくれないか」

「もちろん、そのつもりでいました」

「桐谷兄弟が並木稔殺しに関与してないとなったら、『コニー』の川手会長の過去を徹底的に洗うんだね。川手に隠し子を一日も早く殺さなければならない致命的な弱みがあったとすれば……」

「ええ、そうですね」

「先に行ってくれ」

　彦根が言った。

　才賀はごく自然に窓際から離れ、エレベーターに乗り込んだ。都庁舎を出て、数百メートル歩く。

路上に駐《と》めた覆面パトカーの運転席に入ると、才賀は桐谷秋乃の携帯電話を鳴らした。待つほどもなく、電話がつながった。

「達也君の誤解はとけたのかな？」

「ええ、なんとか」

「もうテレビのニュースで知ってるだろうが、旦那の愛人の榎七瀬が昨夜、『カーサ三田』の歩廊《ほろう》で射殺された」

「ええ、その事件は知ってます。でも、犯人は何者かに撃たれたようなのに、逃走してしまったとか……」

「らしいね」

才賀は話を合わせた。別働隊の者がすでに死んでいる張《チャン》がまだ生きているように装い、遺体をマンションから運び出したのだろう。その後、張《チャン》に逃げられてしまったとマスコミに発表したようだ。

「昨夜《ゆうべ》の事件に夫が関わってるのかしら？」

「ええ、間違いなくね」

「あなたはホテルを出てから、『カーサ三田』に行かれたんですね？」

秋乃が問いかけてきた。才賀は差し障《さわ》りのない範囲で答えた。

「そういうことなら、桐谷が殺し屋を『カーサ三田』に差し向けたんでしょうね？」

「ああ、おそらくね。旦那は、いつも通りにオフィスに出かけたのかな？」

「ええ、ふだんと変わらない様子でした」

「なら、旦那はおれと七瀬の両方を始末してくれと殺し屋に頼んだんだろう」

「そうなのかしら？　桐谷は、七瀬さんのことを大事にしてましたけど」

「しかし、保身のためには、お気に入りの愛人の口を塞《ふさ》がざるを得なくなった。そういうことなんだろうな」

「そうだとしたら、冷血そのものだわ」

「人間に対してはそうでも、ペットには別の反応を示すかもしれない」

「ええ、そうね。夫は異常なほどペットのペーターをかわいがってますからね。ペーターとわたしを一緒に誘拐したことにすれば、夫は慌《あわ》てるかもしれないわ」

「よし、その手でいこう。午後四時半に馬事公苑の前まで、ペーターとかいう飼い犬を連れて来てほしいんだ」

「わかりました」

「よろしく！」

「あのう、夫を殺さないでくださいね。わたし、あの男が生きてるうちに破滅させたいと思ってるんです」

秋乃が言った。

「それほど憎しみが深いんだな」

「ええ、そうです。桐谷が妻のわたしよりもペーターをかばうことは明白です。わたし、もっと屈辱感を味わって、夫に対する憎しみを膨らませたいの」

「それじゃ、四時半に指定の場所で落ち合おう」

才賀はいったん終了キーを押し、堀内に電話をかけた。ツウ・コールで、堀内が電話口に出た。

「梨沙の消息は依然としてわからないんだが、旦那のほうは何か収穫があった？」

「いや、手がかりは摑んでないんだ。だけど、いま、桐谷利典のオフィス兼自宅を張り込み中なんだよ。桐谷兄弟が大伴梨沙を拉致したんなら、弟のほうが彼女を拷問してると睨んだわけさ」

「なるほどね」

「才賀ちゃん、そっちも手持ちのカードを見せてくれや」

「ほうぼう駆けずり回ってみたんですが、まるで手がかりを得られないんですよ」

「狡《ずる》いよ、才賀ちゃんは。そっちが仮に特殊捜査に携《たずさ》わっていても、そのことを誰かに喋ったりしないって」

「特殊捜査なんかしてませんが、刑事の勘がちょっと働いたことはあります。神戸連合会の難波という理事が三宮のクラブで中国人に射殺された事件があったでしょ？」

「あったな。犯人は確か楊《ヤン》とかいう奴だった」

「ええ。あくまでも勘なんですが、そいつは香港マフィアの一員なんじゃないですかね？」

『紅龍会《ホンロンホイ》』のメンバーだったとしたら、桐谷兄弟が馬《マー》会長に難波の殺害を依頼した可能性もあるな。いや、きっとそうだ。才賀ちゃん、桐谷利典は裏ビジネスで難波組と揉めたことがあるんだろ？」

「そこまではわかりませんよ。そういうことがあったとしたら、桐谷弁護士の弟は難波組にだいぶ痛めつけられたでしょうね。難波組は神戸連合会の中核組織なわけだから、体面もありますでしょ？」

「そうだな。関東の経済やくざになめられたら、代紋が泣くってもんだ。桐谷利典は命《タマ》こそ奪《と》られなかったが、丸裸になるまで毟《むし》られたのかもしれないな」

「ええ、考えられますね」

「そんなことがあって、桐谷兄弟は反撃する気になった。といっても、自分たちでは太刀打ちできない。そこで、『紅龍会《ホンロンホイ》』の力を借りることになった。才賀ちゃん、そうなんだよ。だから、桐谷兄弟は大伴梨沙を馬《マー》の子分どもに拉致させたにちがいない」

「堀内の旦那の推測は正しいと思います。しかし、あまり深入りするのは危険だな。後は警察に任せたほうがいいね」

「そうはいかない。大伴梨沙は、おれの仕事仲間とも言える知人なんだ。フリーという立場は弱い。仮に拉致されたのが新聞記者かテレビ局の報道記者なら、警察ももっと捜査に力を入れるだろうよ。しかし、フリーのビデオ・ジャーナリストだからな。それに女なんだから、誰かが体を張って救《たす》けてやらなきゃ」

「おれも同じ気持ちですよ。だから、旦那には無茶をさせたくないんです。くどいようですが、身に危険が迫ったら、必ずおれに連絡してくださいね」

才賀は言って、通話を切り上げた。

まだ昼食を摂《と》っていなかった。覆面パトカーを渋谷に走らせ、パスタ料理を食べた。イタリアン・レストランを出ると、すぐに馬事公苑に向かった。昔からある乗馬クラブの少し先で、車をガードレールに寄せた。午後四時十五分ごろだった。

それから六、七分が過ぎたころ、前方から秋乃と茶色い犬が歩いてきた。引き綱《リード》につながれたミニチュア・ダックスフントは胴長で、脚《あし》が短い。ちょこまかと歩く姿は、どこかユーモラスだった。

才賀はエクスプローラーから降りた。

秋乃が犬を抱き上げ、歩み寄ってきた。綿のシャツブラウスに、下はジーンズというカジュアルな服装だった。

「怯《おび》えた表情で助手席に坐ってくれないか」

才賀は小声で指示した。

秋乃が言われた通りにした。ペットの犬は、まったく吠えなかった。

才賀は運転席に戻り、すぐさま車を走らせはじめた。馬事公苑の横の脇道に入る。

「抱えてる犬がペーターだね？」

「ええ」

「あなたにも懐《なつ》いてるようだな」

「わたしが餌《えさ》を与えてるから、それなりに気を遣《つか》ってるんでしょう」

秋乃が言って、寂しげに笑った。

「さて、旦那をどこに誘《おび》き出すかな。別荘は？」

「神奈川県の真鶴町《まなづるまち》にセカンド・ハウスがありますけど、いま、鍵は持ってないんです」

「カード・キー以外なら、なんとかなるよ。よし、その別荘に行こう。真鶴に入ったら、道案内を頼む」

才賀は覆面パトカーのスピードを上げた。

玉川通りに出て、東名高速道路の下り線に入る。秦野中井《はだのなかい》I　C《インターチエンジ》で一般道路に降り、西湘バイパスから真鶴道路を進む。

目的の別荘は、真鶴岬の中ほどにあった。白いコテージ風の二階家は、丘の上に建っていた。湯河原町側だった。雑木林に囲まれていた。近くに民家も別荘もない。

敷地は二百坪ほどだった。才賀は車をガレージに納めると、先に万能鍵で玄関ドアのロックを解除した。電気のブレーカーを上げたとき、秋乃が飼い犬を抱いて家の中に入ってきた。

「空気が澱《よど》んでますね。いま、換気します」

「いや、窓は開けないほうがいいな。間取りは3LDK?」

「ええ、そうです。二階に十二畳と十五畳の洋室があるんです。階下には二十畳のLDKと十畳の和室があるんです」

「とりあえず、居間に落ち着こう」

才賀は先に奥に進んで、電灯のスイッチを入れた。洒落《しゃれ》た照明が柔らかな光を放った。リビング・セットは、北欧風のデザインだった。シンプルな造りだが、安物ではなかった。

「おとなしくしてるのよ」

秋乃が飼い犬を床に下ろした。ペーターは嬉しそうにリビングを歩き回りはじめた。

「お茶でも淹《い》れましょうか?」

「あなたは人質ってことになってるんだ。茶なんか淹れたら、旦那に怪しまれる」

「いやだわ、わたしったら」

「適当なとこに坐っててくれないか」

才賀は秋乃をソファに坐らせ、リビング・ボードに近づいた。固定電話の受話器を持ち上げ、桐谷敏法律事務所の代表番号を押した。

受話器を取ったのは、女性事務員だった。

「わたし、香港の馬宗璋《マーゾンザン》の代理の者ね。桐谷さんと話したい。取り次いでほしいね」

才賀は、たどたどしい喋り方をした。

「失礼ですが、あなたのお名前は？」

「わたし、林《リン》いうね。馬《マー》会長の秘書やってる」

「少々、お待ちください。いま、所長室に電話を回しますので」

相手の声が途切れた。

数十秒待つと、聞き覚えのある桐谷弁護士の声が流れてきた。

「馬《マー》さんの秘書の林《リン》さんだとか？」

「そいつは、でたらめさ。きのうの夜、『カーサ三田』に張《チャン》という殺し屋を送り込んだのはあんただよな？」

「あっ、その声は……」

「当たりだ。あんたの愛人の榎七瀬の部屋に押し入ったのは、このおれさ。張《チャン》は息を引き取る前に、殺しの依頼人が桐谷敏だってことを白状したぜ」

「なんの話なんだ？」

「もう観念しろや。あんたが『紅龍会《ホンロンホイ》』の馬《マー》会長とキンバリー・ロードの老舗広東料理店で神戸連合会の難波理事を始末してくれって頼んだことはもちろん、ビデオ・ジャーナリストの大伴梨沙を馬《マー》の手下どもに拉致させた事実もな」

才賀は言った。桐谷は数秒、黙ったままだった。かなり動揺している様子だ。

「なぜ、わたしがそんなことをしなければならないんだ？」

「いいだろう、言ってやる。あんたの弟の利典は和歌山の倒産した製材会社の整理を巡って、大阪の難波組とトラブった。その決着《オトシマエ》として、安いフィッシング・クルーザーを三億五千万円で買わされた。関西の極道たちは、しゃぶれる相手は絶対に逃さない。このままでは無一文にされかねないと判断し、あんたたち兄弟は難波厚盛を香港マフィアに葬《ほうむ》らせることにした。あんたと馬《マー》の密談がマスコミに漏れたら、大変なことになる。だから、大伴梨沙を拉致させた。しかし、彼女は密談ビデオのありかを未《いま》だに喋ってない。梨沙の監禁場所を吐かないと、あんたは一生、後悔することになるぜ」

「それは、どういう意味なんだ？」

「あんたの妻と愛犬のペーターを預かってる」

「ほんとなのか!?」

「もちろんだ。どうする？」

才賀は問いかけた。桐谷は絶句したままだった。

「何か言えよ。いつまでも黙ってると、ペットを殺しちまうぞ」

「そんなことはしないでくれ。ペーターがいなくなったら、日々の張りを失ってしまう。そこは、どこなんだ？」

「真鶴の別荘だよ。奥さんとミニチュア・ダックスフントはそばにいる」

「ペーターの声を聴かせてくれないか」

「いいだろう」

才賀は受話器を耳に当てたまま、その場にしゃがみ込んだ。

すると、ペーターが走り寄ってきた。

才賀はポケットからハンカチを抓《つま》み出して、ペーターの目の前で大きく振った。ペーターは左右に動きながら、ハンカチをくわえようと何度も試《こころ》みた。

だが、うまく捉《とら》えられない。そのうち焦《じ》れて、吠えたてた。才賀はハンカチを遠くに投げ、勢いよく立ち上がった。

「いま吠えたのが、あんたのペットだ」

「確かにペーターの声だったよ」

「午後九時までに、このセカンド・ハウスに来い。妙なお供が一緒とわかったら、すぐペーターは殺す。一分でも遅れたら、あんたの愛犬は同じ運命をたどることになるぞ」

「ひとりで、必ず真鶴に行くよ。だから、ペーターには指一本触《ふ》れないでくれ。お願いだ。ただ待ってるだけじゃ退屈だろうから、二階のゲスト・ルームで秋乃と娯《たの》しんでてくれ」

桐谷がおもねるように言った。

才賀は返事の代わりに、受話器をフックに叩きつけた。

2

潮騒《しおさい》がかすかに聞こえる。

ペーターは長椅子の下で小さな寝息を刻んでいた。午後八時四十分を回っていた。

才賀は喫《す》いさしの煙草の火を揉み消し、ソファから立ち上がった。

「もうじき旦那が来るだろう」

「ええ、そうですね。でも、ひとりでは来ないと思います。おそらく義弟と一緒に……」

秋乃が言った。すぐ目の前のソファに坐っていた。

「そうだろうな。あなたは、あくまでも人質のふりをしててください」

「わかりました」

「悪いが、両手を縛らせてもらうよ」

才賀は居間を出て、玄関ホールに足を向けた。犬の引き綱《リード》はシューズ・クローゼットの上に載《の》っていた。

才賀は引き綱を手にし、居間に戻った。秋乃の両腕をリードで後ろ手に括《くく》った。

「外で客を待つことにするよ」

才賀は秋乃に言いおき、別荘の外に出た。ガレージの斜め前の雑木林の中に入る。

やや風が強い。葉擦《はず》れの音はリズミカルだった。波の音に似ていなくもない。

五分ほど待つと、右手から車の走行音が響いてきた。

才賀は闇を透《す》かして見た。ヘッドライトの光が闇を貫《つらぬ》きながら、次第に近づいてくる。

やがて、白っぽいレクサスが視界に入った。人影は一つだ。桐谷敏が自らステアリングを握っているらしい。

才賀は上着の前ボタンを外し、グロック26の銃把に右手を添えた。

レクサスが別荘のガレージに滑り込んだ。覆面パトカーと並ぶ形で駐められた。運転席から、二枚目弁護士が降りた。サンド・ベージュのスーツを粋に着こなしていた。

車内に誰かが潜《ひそ》んでいる様子はうかがえない。

桐谷がポーチに向かった。才賀は足音を殺しながら、桐谷の背後に迫った。立ち止まるなり、拳銃の銃口を桐谷の背に密着させる。

桐谷が全身を強張《こわば》らせた。それから、わなわなと震えはじめた。

「馬《マー》の手下や弟は、後から来ることになってるのか？」

才賀は訊《き》いた。

「誰も来ないよ。そちらの命令に背《そむ》いたら、ペーターが殺されてしまうかもしれないからな」

「女房のことも少しは心配したら、どうだっ」

「いいんだ、秋乃のことは。どうだった、彼女の体は？　もう抱いたんだろ？」

「学識はあるんだろうが、品のない男だな」

「それなりに娯《たの》しめたってことかな？」

桐谷が言って、下卑《げび》た笑い方をした。

才賀は無言で、桐谷の尻《けつ》を膝で蹴った。桐谷が呻《うめ》いて、少し腰を沈めた。才賀はドアを開け、桐谷を突き飛ばした。

桐谷は玄関マットの上に這《は》いつくばった。才賀は靴を脱ぎ、桐谷を居間まで歩かせた。

ペーターがむっくりと起き上がり、桐谷に駆け寄った。尻尾《しっぽ》を振っていた。

「ペーター、迎えに来たぞ」

桐谷が愛犬を抱き上げ、愛《いと》おしげに頬擦《ず》りした。ペーターは小さな舌で、飼い主の顔を舐《な》め回した。

「あなた……」

秋乃が夫に顔を向けた。

「役立たずめ！　ペーターに不安な思いをさせやがって」

「それだけなの？　一応、わたしはあなたの妻でしょ？　そのわたしが人質に取られたのよ」

「だから、なんだと言うんだっ」

「嘘でも、少しは心配してたと……」

「おまえのことなんか、まったく心配してなかったよ。それどころか、誘拐犯に犯されて殺されてもいいとさえ思ってた」

「ひどい、ひどすぎるわ。なんで、そんなにわたしを憎むの？」

「それは自分がよく知ってるだろうが！」

「昔、わたしが川手の世話になってたからなのね？」

「そうだ。おまえは冷血漢の囲われ者だった。心も体も穢《けが》れてるんだよ」

桐谷が子供のように喚《わめ》いた。

才賀は左手で桐谷の肩口を摑み、足払いをかけた。桐谷が愛犬を抱えたまま、横倒れに転がった。

「ペーターの首をへし折れ！」

才賀は桐谷に命じた。むろん、本気で言ったわけではない。駆け引きだった。

「そんなことはできない」

「なら、あんたも犬も撃ち殺すことになる」

「そっちの条件を言ってくれ。いくら出せばいいんだ？」

桐谷が言った。才賀は桐谷の腰を蹴り、秋乃の縛《いまし》めを解いた。

「ペーターを抱いててくれ」

「はい」

秋乃がソファから離れ、ミニチュア・ダックスフントを抱え上げた。

才賀は桐谷を摑み起こし、銃口を脇腹に押し当てた。

「二階に行こうや」

「な、なんで？」

「あんたの尻《けつ》を抜いてやる」

「ホ、ホモだったのか!?」

「冗談さ。ゲスト・ルームで、対談としゃれ込もうや」

「ここでいいじゃないか」

桐谷が難色を示した。才賀はグロック26で威嚇《いかく》しながら、桐谷を二階に押し上げた。

手前のゲスト・ルームに入ると、桐谷が不意に組みついてきた。両腕を才賀の腰に回し、ぐいぐいと押しまくってくる。

才賀は体を傾け、桐谷の背に肘打《ひじう》ちを浴びせた。

桐谷が急所を剣で突かれた闘牛のように膝から崩れた。才賀は半歩退《さ》がって、桐谷を蹴りはじめた。

場所は選ばなかった。急所を蹴りまくった。

桐谷は血を吐きながら、転げ回った。折れた前歯を喉に詰まらせかけ、幾度もむせた。

「色男も前歯がないと、間抜けに見えるな」

才賀は客用のベッドに浅く腰かけ、羽毛枕を摑み上げた。

「羽毛枕を顔に押しつけて、わたしを窒息させる気なんだな？」

「そうじゃない」

「な、何を考えてるんだ!?」

桐谷が震え声で言って、上体を起こした。

才賀は冷笑し、グロック26の銃身を羽毛枕で包み込んだ。わずかに的《まと》を外して、引き金を人差し指で一気に手繰《たぐ》った。

くぐもった銃声に、桐谷の悲鳴が重なった。破れた射出孔《しゃしゅつこう》から羽毛が飛び散った。放った銃弾は壁板を穿《うが》った。

才賀はベッドの上に落ちた空薬莢《からやっきょう》を抓《つま》み上げ、桐谷の胸に投げつけた。

それは跳《は》ね返り、二人の間に落ちた。硝煙がたなびき、ゆっくりと拡散しはじめた。

「愛人の七瀬まで、おれと一緒に張《チャン》に始末させる気だったんだな?」

「それは……」

「ちゃんと答えろ!」

「そうだよ。七瀬まで死なせたくなかったんだが、仕方がなかったんだ」

「おまえは救いようのないエゴイストだな。さて、本題に入ろう」

「おたくにはいろいろ不都合なことを知られてしまったようだが、なんとか目をつぶってもらえないか。もちろん、口留《ど》め料はたっぷり払う」

桐谷が聞き取りにくい声で言った。

「諦《あきら》めの悪い野郎だ。次は腹に九ミリ弾を撃ち込む」

「ま、待ってくれ。二億、いや、三億円払うよ。大卒の生涯賃金よりも多いんだから、文句はないだろ?」

「念仏を唱《とな》えろ! 頭を撃ち抜いてやる」

才賀は羽毛枕で銃口を塞《ふさ》ぎ、引き金の遊びを絞り込んだ。桐谷が顔を引き攣《つ》らせ、尻を後方にずらした。

「いくら出せば、何も見なかったことにしてくれるんだ?」

「こっちは銭が欲しくて、駆け引きしてるわけじゃない。そっちは生きる価値のない男だ。あばよ!」

「殺さないでくれーっ。撃つな！」

「『紅龍会《ホンロンホイ》』の陸《ルー》たちにビデオ・ジャーナリストの大伴梨沙を拉致させたなっ。そっちが香港で馬《マー》会長に神戸連合会の難波理事を始末してくれと頼んでるとこを梨沙にビデオ撮影されたから、彼女を引っさらわせた。そうなんだろ？」

「そうだよ。あの女がこっそり撮ったビデオがマスコミに流れたら、われわれ兄弟は難波組の連中に命を狙われることになると思ったんだ。弟の利典は倒産会社の整理を巡って難波組と揉めて、中古のフィッシング・クルーザーを三億五千万円で買わされたんだよ」

「なんとかしないと、難波組に丸裸にされると不安になって、弟の知り合いの香港マフィアの大物に泣きついたってわけだ？」

「ああ。利典は昔、馬《マー》さんの組織から偽造の中国国営企業の株券を大量に買ってあげたことがあるんだ。そんなことで、馬《マー》会長はわれわれ兄弟に力を貸してくれたわけさ」

「問題のビデオは、まだ手に入れてないんだな？」

才賀は確かめた。

「ああ。弟や陸《ルー》たちが何度も梨沙という女を痛めつけたんだが、ビデオのありかは言わなかった。口を割ったら、彼女は殺されることになると思ったんだろうな」

「梨沙が口を割らなかったんで、彼女の自宅を家捜《やさが》しさせたり、東洋テレビのビデオ編集室に馬《マー》の手下を忍び込ませたんだな？」

「ああ、そうだよ。しかし、骨折り損だった」

「梨沙の監禁場所はどこなんだ？」

「南伊豆の石廊崎《いろうざき》の貸別荘に閉じ込めてある」

「香港マフィアに見張らせてるんだな？」

「そうだ。陸《ルー》と李《リー》という奴が見張ってる。その二人が大伴梨沙を新宿のホテルの地下駐車場で拉致したんだ」

「その貸別荘に案内してもらおうか」

「えっ」

「拒んだら、ここで撃ち殺すぜ」

「なんてことなんだ」

桐谷が嘆いた。

才賀はベッドから腰を浮かせ、桐谷を摑み起こした。ゲスト・ルームを出て、階下に降りる。

「旦那の車で、ペーターと一緒に東京に戻ってもいいよ」

才賀は秋乃に声をかけた。

「あなたと夫は、どうするんです？」

「旦那の案内で、おれは南伊豆に行く。知り合いの女性ビデオ・ジャーナリストが貸別荘に監禁されてるんだ。桐谷兄弟が香港マフィアに彼女を拉致させたんだよ」

「なぜなんです？」

「その彼女が旦那の弱みを知ったからさ。そっちには迷惑をかけたと思ってる。勘弁してくれ」

「桐谷を殺さないでくださいね」

秋乃が言った。桐谷が意外そうな顔つきになった。だが、何も言わなかった。

才賀は桐谷を外に連れ出し、エクスプローラーの運転席に押し込んだ。

「わたしが運転するのか⁉」

「そうだ。死にたくなかったら、言われた通りにしろっ」

「仕方がないな」

桐谷の声は弱々しかった。才賀は急いで助手席に入り、桐谷の脇腹に銃口を突きつけた。

桐谷が長嘆息《ちょうたんそく》し、覆面パトカーを発進させた。

車は福浦《ふくうら》を抜けて、熱海《あたみ》ビーチラインに入った。熱海から国道一三五号線を南下する。相模湾沿いに東伊豆をひたすら走った。

伊豆高原を通過してから、才賀は長い沈黙を破った。

「あんたたち兄弟の父親は、衣料スーパー『シンプル』のオーナー社長だったんだな。しかし、十年前に『コニー』に買収されて、桐谷秀司は失意のうちに命を絶《た》った」

「そんなことまで調べ上げてたのか!?」

「おふくろさんも心労から、五十そこそこで病死してしまった。『コニー』の川手会長は強引な手段で買収を重ね、事業を拡大してきたようだ」

「川手は、やくざよりも性質《たち》が悪いんだ。目をつけた食料スーパーや衣料スーパーの納入業者にさまざまな厭《いや》がらせや脅しを繰り返し、商品の納入をストップさせ、赤字経営に陥《おちい》らせて、次々に乗っ取ってたんだ。親父が築き上げた『シンプル』も、ついに『コニー』に呑み込まれてしまった」

「だから、川手彰一に兄弟で復讐する気になったんだな?」

「えっ!?」

「十人ほどのダミーを使って、『コニー』の発行株の十七パーセントも買い集めさせたのは、おたくら兄弟なんだろ?」

「…………」

　桐谷は黙したままだった。

「どうなんだっ」

「そうだよ」

「投入した金は五百億以下ってことはないな?」

「ああ、もっと多いよ」

「それだけの巨額を兄弟だけで工面《くめん》できるわけはない。バックにいる人間は誰なんだい？」

「そんなスポンサーはいないよ」

「経済やくざの弟がダーティ・ビジネスで荒稼ぎしたとしても、株の買い占め資金の調達は難しいだろう。関東やくざの御三家の裏金を回してもらってるんじゃないのか？」

「やくざに借りを作ったら、後々《のちのち》、面倒なことになる。そんな愚かなことはしない」

「それじゃ、馬《マー》会長に口を利いてもらって香港の十三K《サッセイケイ》の本部にプールされてる金を回してもらってるわけか？」

「想像に任せるよ」

「ま、いいさ。おたくたち兄弟は『コニー』の筆頭株主になることのほかに、何か画策したんじゃないのか？」

「質問の意味がわからないな」

「川手彰一の隠し子の並木稔を東京拘置所から釈放させなかったかい？　『死刑制度廃止を望む市民連合会』なんて架空の団体名を使ってさ」

「えっ」

「おまえら兄弟がヒスパニック系の不良外国人を雇って、わざと並木の乗ったタクシーにトレーラーを衝突させたのか？　それで、並木は車内でタクシー運転手と一緒に焼け死ぬことになった」

「その事件に、われわれはタッチしてない。川手に並木稔という隠し子がいることは興信所の調査で知ってたが、収監中の死刑囚を釈放させたことはないよ」

「ほんとだな？」

「ああ。ただ、弟が……」

「並木祐子の自宅を訪ねて、稔の父親が『コニー』の会長の川手彰一だって事実を手記にまとめてくれれば、一千万円の謝礼を払うと持ちかけたんだろ？」

才賀は確かめた。

「何もかもお見通しなんだな。ああ、その通りだよ。川手の隠し子のことがマスコミに取り上げられれば、『コニー』の株価は下がるだろうと思ったんだ。そうなれば、こっちは株を買いやすくなるからね」

「くどいようだが、並木稔たち三人の死刑囚の釈放要求はしてないんだな？」

「ああ。天地神明《てんちしんめい》に誓ってもいいよ」

「そっちの言葉に偽《いつわ》りがないとしたら、あれは偽情報《ガセネタ》だったのか」

「わたしに関する情報を入手したんだな？」

桐谷が訊いた。才賀は作り話で、探りを入れた。

「先日、東京ディズニーランドのレストランと衆議院第一議員会館のエントランス・ホールが爆破されたんだが、知ってるな？」

「憶《おぼ》えてるよ、その事件は」

「事件当日、二つの犯行現場であんたの姿を目撃したって人物がいるんだよ。爆破予告した犯人が並木たち死刑囚の釈放を要求したんだ」

「その情報は、でたらめだっ。わたしは、どちらの事件現場にも行ってない。嘘じゃないよ」

「あんたを全面的に信じる気はないが、どうやら並木稔殺しには関与してないようだな」

「もちろんさ。川手の隠し子の並木稔にも好感は持っていなかったが、『シンプル』の乗っ取りに加担したわけじゃないからな。殺さなければならない動機がないよ。それに、並木稔はいずれ絞首刑になる身だったんだ。何も東京拘置所から誘《おび》き出して、事故を装って殺害する必要はないじゃないか」

「それもそうだな。並木稔殺しについては、桐谷兄弟はシロなんだろう」

「並木稔が誰かに殺されたんだとしたら、ヒスパニック系の外国人を雇った人物は彼に致命的な弱みを握られたんだろうな」

「弁護士先生も、そう思うかい？　おれも、そう推測してたんだよ」

「そう」

「誰か思い当たる人物はいるか?」

「並木稔は確か六人の男女を焼き殺して、消費者金融の蒲田営業所から二百数十万円を奪ったんだったな」

「そうだ」

「だったら、被害者の身内に仕返しされたんだろう。あるいは、犠牲者の恋人か親友の犯行なのかもしれない」

「ほかに考えられる人物は? 川手彰一が何か弱点を隠し子に握られて、強請《ゆす》られてた可能性はないかね? 川手は並木稔を自分の子と認知してないし、養育費を払わなかったようだからな。息子としては、無責任な実父を恨みたくなるだろうが?」

「そうかもしれないが、相手は実の父親だからね」

「しかし、川手は情のない男だ。並木稔が死刑執行前に刑務官か教誨師《きょうかいし》に自分の致命的な弱みを喋ったら、破滅することになる。川手なら、実子も殺しかねないとは思わないか?」

「そうだね。そういう可能性も否定はできないのかもしれないな」

二人の会話が途絶《とだ》えた。

車は伊東市を抜け、東伊豆町に入った。そのまま道なりに東伊豆道路をたどり、下田市に達した。日野《ひんの》の交差点を左折し、手石《ていし》港の横を抜け、さらに下った。

やがて、左手に石廊崎灯台の灯《ひ》が見えてきた。伊豆半島の南端で、相模湾と駿河湾を東西に分ける岬だ。

エクスプローラーは石廊崎を回り込み、中木の少し先で右に曲がった。海とは反対側に走り、しばらく山林の中を進んだ。

「左手にある建物が貸別荘だよ」

桐谷が言って、ヘッドライトをハイ・ビームに切り替えた。

(やっと梨沙に会えるな)

才賀は背凭《せもた》れに上体を預けた。

3

エンジンが切られた。

桐谷がシートベルトを外しながら、話しかけてきた。

「おたくは覆面捜査官なんだろ？」

「いや、おれはただの風来坊さ。ただな、うまく立ち回ってる悪党どもが嫌いなんだよ。知り合いのビデオ・ジャーナリストが拉致されたんで、事件のことを調べはじめたのさ」

才賀は言い繕《つくろ》った。

「そうじゃないな。おたくは拳銃を持ち歩いてる。最初は一匹狼のアウトローだと思ってたんだが、非合法捜査官にちがいない」

「おれの身許調査はやめな」

「わ、わかったよ。もう一つだけ教えてくれないか。秋乃は人質に取られたように振る舞ってたが、おたくの共犯者なんでしょ？」

「頭がおかしくなったのか!? おれは、そっちの女房と犬を引っさらったんだ。何を言ってるんだっ」

「しかし、秋乃はあまり怯《おび》えてなかった。あの女は、わたしを憎んでる。だから、おたくの味方になっても不思議じゃない」

「自分の妻まで疑うようになったんじゃ、おしまいだな」

「初めっから、秋乃には愛情なんか感じてなかったよ。いい女だが、川手の元愛人だからね。利用するだけの目的で、秋乃を女房にしたんだ。もう利用価値がなくなったんで、近いうちに家から追っ払う」

「その前に、そっちは留置場《ブタバコ》にぶち込まれるな。実弟と共謀して、大伴梨沙を馬《マー》の子分たちに拉致させて、貸別荘に監禁させたわけだからな。それから、神戸連合会の難波理事を楊《ヤン》という野郎に射殺させてる」

「われわれ兄弟は捕まったりしないさ」

「そのうちチャンスをうかがって、このおれも始末するってわけか。ま、いいさ。早く車から出ろ！」

「わかったよ」

桐谷が言うなり、運転席のドアを勢いよく押し開けた。すぐにエクスプローラーから飛び出し、未舗装の道路を下りはじめた。

才賀は助手席から出て、桐谷を追った。全力疾走し、桐谷に体当たりした。

桐谷は頭から転がり、路上に倒れた。才賀は桐谷に走り寄って、脇腹に鋭い蹴りを入れた。桐谷が唸《うな》って、体を丸めた。

才賀はグロック26を腰から引き抜き、桐谷を摑み上げた。

「また逃げたら、後ろから撃つぞ。もちろん、頭部を狙う。梨沙の監禁場所は、もうわかったんだ。弾除《たまよ》けのそっちがいなくなっても、貸別荘に踏み込める」

「もう逃げたりしないよ」

桐谷が観念した。才賀は桐谷の背後に回り、銃口で背中を小突いた。

二人は坂道を七、八十メートル上り、貸別荘の敷地に忍び込んだ。アルペン・ロッジ風の建物は平屋《ひらや》だったが、割に大きかった。電灯が煌々《こうこう》と点いている。

自然林をそのまま活《い》かした庭には、溶岩石がところどころに配してあった。かなり広い庭だ。

「サンデッキまで中腰で歩け！」

才賀は言って、桐谷の片腕を取った。

二人は頭を下げた姿勢でサンデッキに近づき、短い階段を昇《のぼ》った。目の前が居間だった。二人の男がソファに坐って、老酒《ラオチユウ》を呷《あお》っていた。片方は口髭を生やしている。

「口髭の男は？」

才賀は小声で桐谷に訊《き》いた。

「李《リー》だよ。もうひとりの男が陸《ルー》だ」

「人質はどこにいる？」

「左側にある寝室にいる。下着姿でロッキング・チェアに麻縄で縛りつけてあるんだ」

「二人の見張りに梨沙を拷問させたんだな？」

「ああ。人質の横っ面をはたいて、素肌にライターの炎を近づけた。それから、髪の毛も散切《ざんぎ》りにしたよ」

「性的な拷問もしたな？」

「弟の話によると、陸《ルー》と李《リー》は代わる代わるに人質をレイプしたらしい」

「そっちの弟がけしかけたんだなっ」

「いや、利典は一応、制止したらしいんだ。しかし、女に飢えてた二人が……」

「くそっ、香港マフィアめ！　連中は飛び道具を持ってるな？」

「ああ。でも、いまは二人とも丸腰だろう」

桐谷が答えた。

才賀は桐谷をサンデッキに引っ張り上げ、居間のガラス戸を蹴った。陸《ルー》と李《リー》が相前後して立ち上がった。

才賀は拳銃の銃口を桐谷のこめかみに押し当て、身振りでガラス戸の内錠を外せと命じた。二人の香港マフィアが顔を見合わせ、目でうなずき合った。

口髭をたくわえた李《リー》がロックを解《と》いた。才賀は桐谷を楯《たて》にしながら、土足で居間に躍《おど》り込んだ。陸《ルー》と李《リー》を床に這わせ、桐谷と隣室に入る。

「才賀さん！」

白いロッキング・チェアに縛りつけられた梨沙が目を丸くした。短く切り詰められた頭髪は不揃いだった。やつれが目立つ。

「もう大丈夫だ」

才賀は梨沙に言って、桐谷の首に手刀打《しゅとう》ちを見舞った。

桐谷がうずくまった。才賀は手早く麻縄をほどいた。

「早く服を着るんだ。服は？」

「部屋の隅にあると思うわ。わたし、殺されるんじゃないかと、ずっとびくびくしてたの」

「話は後だ。早く身繕《づくろ》いしてくれ」

「わかったわ」

梨沙が涙声で返事をし、部屋の隅に走った。

才賀は足許の桐谷と居間の二人を交互に見ながら、梨沙が衣服をまとうのを待った。わずか数分で、彼女は服を着た。

「この部屋にいてくれ。何を見ても、驚かないでくれ」

才賀は言った。

「そのピストルは本物なの？」

「ああ。こんな物を持ってるが、おれは犯罪者じゃない。だから、怖がらないでくれ」

「ええ、わかったわ。桐谷弁護士を追いつめて、わたしの監禁場所を喋らせたのね？」

「そうだ。きみを苦しめた奴らを少し懲《こ》らしめるんで、ドアは閉めといてくれ」

「はい」

梨沙が大きくうなずいた。才賀は桐谷を立ち上がらせ、居間に戻った。

すぐに隣室のドアが閉ざされた。才賀は桐谷に銃口を向けながら、陸《ルー》と李《リー》を立ち上がらせた。

「おまえらには、これから死闘《デス・マッチ》をしてもらう。勝ち残った奴は見逃《のが》してやるよ」

才賀は陸《ルー》と李《リー》を等分に見ながら、日本語で言った。

だが、二人はきょとんとしたままだった。言葉が通じないようだ。

才賀はブロークン・イングリッシュで同じことを言った。それでも、二人は言われた意味がわからない様子だ。

「おたく、広東語は話せるのか？」

才賀は桐谷に訊いた。

「日常会話なら……」

「それじゃ、通訳してくれ」

「ああ」

桐谷が香港マフィアの二人に広東語で話しかけた。陸《ルー》と李《リー》がうろたえ、桐谷に何か訴えた。

「なんだって？」

「そんなことはできないと言ってる」

「やらなきゃ、二人ともすぐに射殺すると伝えてくれ」

才賀は桐谷に言った。桐谷が才賀の言葉を広東語に訳した。

陸《ルー》と李《リー》は困惑顔になって、しばらく黙り込んでいた。不意に李《リー》が陸《ルー》に組みついたのは、七、八分後だった。

李《リー》は陸《ルー》を床に組み敷くと、抜け目なく馬乗りになった。二本貫手《ぬきて》で陸《ルー》の両眼を突き、両手で首を絞めはじめた。

陸《ルー》が喉の奥で呻きながら、全身で暴《あば》れた。そうこうしているうちに、形勢は逆転した。陸《ルー》が李《リー》を跳《は》ね飛ばし、相手を床に押さえ込んだのである。すかさず彼は膝で李《リー》の肩を固定し、両腕で相手の頭を抱え込んだ。

その状態のまま、陸《ルー》は上体を捻《ひね》った。少しすると、李《リー》の首の骨が折れた。李《リー》はぐったりと動かなくなった。すでに息絶えたことは明らかだった。

陸《ルー》が立ち上がって、母国語で桐谷に何か言った。

「なんて言ったんだ？」

「自分は李《リー》をやっつけたんだから、逃げてもいいだろうって言ってる」

「そうはいかない」

「彼らを騙《だま》したのか!?　汚いことをするな」

「悪党どもにおれを批判する資格はない」

「あんたは、陸《ルー》を撃ち殺す気なんだな？」

「外れだ。次は、おたくが陸《ルー》と殺し合いをする番だよ」

「む、無茶を言うな。相手は香港の荒くれ者なんだぞ。こちらは……」

「か弱い知的労働者だってか。頭を使えや。まともに闘っても、そっちが勝てるわけないさ。しかし、相手を油断させて、マラを嚙み千切《ちぎ》ることはできるだろうが」

「わたしは性的にノーマルなんだ。ホモじゃない。男の分身をくわえることなんて、死んでもできない」

「それなら、仕方ない。そっちから先に撃ち殺すか」

「本気なのか⁉」

「もちろんさ」

「おたくはクレージーだ。いくらなんでも、同性の性器なんか口に含めない」

「だったら、死ぬんだな」

「待て、待ってくれないか」

桐谷が焦《あせ》って、陸《ルー》に走り寄った。そして、何か囁いた。

ほとんど同時に、陸《ルー》が桐谷を突き飛ばした。桐谷は床に倒れた。陸《ルー》が唸り声を発し、ソファを持ち上げた。

（ソファを桐谷に投げつける気だな。面白くなってきた）

才賀は近くの椅子に坐った。

そのとき、サンデッキで銃声が轟《とどろ》いた。心臓部に被弾した陸《ルー》がソファを持ったまま、膝から崩れた。倒れたきり、まったく動かない。

才賀は振り返った。

サンデッキに桐谷利典がいた。コルト・ガバメントを握っている。

「おまえもくたばれ！」

企業コンサルタントが憎々しげに言い、二弾目を放ってきた。

才賀は床にダイブし、すぐさまグロック26で反撃した。弁護士の弟が呻いて、しゃがみ込んだ。どこかに命中したらしい。

才賀は屈んだまま、横に動いた。

そのすぐあと、居間の電灯が撃ち砕《くだ》かれた。室内が暗くなった。桐谷弁護士が玄関ホールに向かった。

(弟をシュートするのが先だ)

才賀はソファの間を抜け、サンデッキに接近した。

そのとたん、銃弾が飛んできた。たてつづけに三発だった。才賀は床に伏せた。衝撃波が頭上を駆け抜けていった。

才賀は床を這い進み、サンデッキに走り出た。

庭に走る人影があった。桐谷利典だ。才賀はサンデッキの手摺《てすり》まで走り、逃げる標的に銃弾を放った。

動くターゲットを仕留《しと》めることは容易ではない。弾道は逸《そ》れ、庭木の枝を弾《はじ》き飛ばした。

才賀はポーチに目をやった。

桐谷弁護士の姿は見当たらない。才賀はサンデッキの階段を駆け降り、広い庭を横に突っ切った。

貸別荘の前の通りに出たとき、暗がりからブリリアント・シルバーのメルセデス・ベンツが急発進した。車内の二つの人影は、桐谷兄弟だろう。

（追っても間に合わないだろう。忌々《いまいま》しいが、諦《あきら》めるほかない）

才賀は引き返し、サンデッキから貸別荘の中に入った。暗い居間を手探りで歩き、隣室に飛び込んだ。

「無事だったのね。よかった！」

梨沙が全身で抱きついてきた。

「もっと早く救《たす》け出すつもりだったんだが……」

「サンデッキで発砲したのは誰なの？」

「桐谷利典だ。奴は兄貴と一緒に逃げた」

「そう。見張りの二人は？」

「李《リー》も陸《ルー》も死んだよ。李《リー》は、陸《ルー》に首の骨をへし折られたんだ。おれが奴らに殺し合いを強《し》いたんだよ。梨沙に恐怖を与えた奴らは赦《ゆる》せなかったんだ。陸《ルー》は、桐谷弁護士の弟に射殺された」

「わたし、死んでしまいたい気持ちよ。例のビデオのありかを喋らなかったから、ひどいことをされたの。李《リー》と陸《ルー》にさんざん弄《もてあそ》ばれたのよ」

「そのことは早く忘れるんだ」

才賀は労《いたわ》りを込めて言い、梨沙を強く抱きしめた。

「忘れたくても忘れられるようなことじゃないわ。わたしは、あいつらに穢《けが》されてしまった。もう才賀さんに愛される資格もないの」

「そんなふうに考えることはないさ。苛酷な体験をさせられたわけだが、別に梨沙に落ち度があったんじゃないんだ」

「それはそうだけど……」

「そっちは、運悪く狂犬に咬《か》まれてしまったんだよ」

「他人事《ひとごと》だから、そんなことが言えるんだわ」

「辛いだろうが、現実を乗り越えるんだ。いつまでも被害者意識を引きずってたら、不幸になるばかりだぞ」

「そうだけど、頭の中から屈辱的なシーンが消えないのよ。いっそ狂ってしまいたいわ」

「投げやりになるな。時間をかけて、少しずつ克服していくんだ。それまで、おれは梨沙のそばにいる」

「わたしを憫《あわ》れんでるのね？」

「いつまでも子供っぽいことを言ってると、頬をはたくぞ。おれは梨沙に同情してるわけじゃない。好きだから、以前の梨沙に戻ってほしいんだよ」

「わたしのこと、嫌いにならない？」

「当たり前じゃないか。いま最も大事な女は、梨沙なんだ。きみがおれに背を向けても、どこまでも追うからな」

「才賀さん、ごめんなさい」

「どうして謝るんだ？　きみに非なんかないんだから、堂々としてろよ。それが本来の梨沙だろうが？」

「ええ、そうね。桐谷弁護士は馬《マー》会長に広東料理店で、日本人の大物やくざを始末してくれと頼んでたの。その相手の名は聞き取れなかったんだけど」

「そいつは、神戸連合会の難波という理事だよ。もう難波は馬《マー》の手下の楊《ヤン》という奴に射殺されてしまった」

「桐谷敏は、なぜ難波という理事を殺す必要があったの？」

梨沙が問いかけてきた。才賀は、桐谷兄弟の殺人教唆《きょうさ》の動機を語った。

「兄弟は父親の恨みを晴らしたくて、ダーティ・ビジネスで株の購入資金を都合つけたのね。だから、難波組に因縁《いんねん》をつけられて、中古のフィッシング・クルーザーを三億五千万円で買わされたんでしょ？」

「その通りなんだろう。ただ、兄弟だけで五百億円以上の株購入資金を工面《くめん》できるわけがない。おれは、桐谷兄弟に資産援助してる人物がいると睨んでるんだ」

「そういうスポンサーがいるとしたら、かなりの大物なんじゃない？」

「ああ、多分ね。それはそうと、例の隠し撮りしたビデオはどこに隠してあるんだい？」

「自分の部屋のトイレよ。ビデオ・テープを密封容器の中に入れ、貯水タンクに沈めといたの。馬《マー》の手下がわたしの部屋をくまなく検《しら》べたようだけど、貯水タンクの中までは覗かなかったのね」

「実はおれも、梨沙の部屋をチェックさせてもらったんだよ。しかし、やはり見つけられなかった」

「そう。広東料理店を出るとき、わたし、うっかりテーブルの脚《あし》に爪先をぶつけちゃったの。そのとき、桐谷敏がわたしを見たのよ。わたしは、まだビデオ・カメラをバッグにしまってなかった」

「桐谷は馬《マー》との密談のシーンを撮《と》られたと直感したんだろうな」

「そうだと思うわ。すぐに桐谷は椅子から立ち上がる気配を見せたから。それでわたしは大急ぎで店を出て、雑沓《ざっとう》の中に逃げ込んだの。帰国後、万が一のことを考えて、問題のビデオをトイレの貯水タンクの中に隠したのよ」

「そうだったのか」

「桐谷は、どうしてわたしを突きとめたのかしら？」

「馬《マー》に頼んで、空港職員から日本人出国者リストを手に入れたんじゃないかな？　それで、ジャーナリスト関係者を洗ったんだと思うよ」

「そうなのかもしれないわね。わたし、桐谷兄弟を赦《ゆる》すことはできないわ。あのビデオを東洋テレビに放映してもらって、あの二人を刑事告発してやる」

「当然だろうな。そうだ、堀内さんが梨沙の行方を必死に追ってたぞ」

「えっ、才賀さんは彼のことを知ってるの⁉」

「ああ、よく知ってるよ」

「そうだったの。堀内さんが共通の知り合いだったなんて、なんだか嘘みたい」

「おれも堀内の旦那から梨沙が仕事仲間と聞いて、びっくりしたよ。世の中、狭いんだな」

「そうね。ところで、すぐに一一〇番通報すべきかしら？　できれば、いまは事情聴取を受けたくないな。まだ記憶が生々しいし、陸《ルー》と李《リー》の死体が転がってるわけだから、事情聴取が長引くでしょ？」

「ひとまず東京に戻ろう」

「そうね」

梨沙が同意した。才賀は梨沙の手を取って、電灯の消えた居間に移った。血臭《けっしゅう》と硝煙の匂いが漂っていた。

二人はゆっくりと歩きだした。

4

狭いベッドが軋《きし》んだ。

梨沙が寝返りを打ったせいである。しかし、彼女はまだ眠っていなかった。

才賀の自宅マンションの寝室だ。石廊崎の貸別荘から東京に戻ったのは、午前三時過ぎだった。梨沙は真っ先に風呂に入りたがった。

長風呂だった。梨沙は穢《けが》された体を幾度も洗ったのだろう。

「眠れないんだな？」

才賀も横向きになって、胸を梨沙の肩に密着させた。梨沙の体からボディ・シャンプーの匂いが漂ってくる。

「起こしちゃった？　ごめんね」

「ベッドが狭いから、寝苦しいんだろ？　おれは、やっぱり居間の長椅子で寝るよ」

「ううん、わたしのそばにいて。才賀さんが近くにいてくれないと、何かとんでもないことをしそうで不安なの」

「え？」

「ひとりになったら、ベランダから飛び降りてしまいそうなのよ」

「梨沙、人間は自分ひとりで生きてるように思いがちだが、実は周《まわ》りの血縁者、友人、知人なんかに生かされてるんだよ。だから、どんなに辛いことがあっても、自死はすべきじゃない。周囲の恩人たちを裏切る身勝手な行為だからな。当人は死ねば楽になるかもしれないが、周囲の人たちに悲しみと無力感を与えることになる」

「そのことは、わかってるわ。だけど、あれほどの屈辱感を味わわされたら、とても立ち直れない気がするの」

「いまは、まだショックが尾を曳《ひ》いてるんで、絶望的な気持ちになるんだろう。しかしな、心の傷だって、必ず徐々に癒《い》やされるんだよ。もともと人間は勁《つよ》いものなんだ。梨沙だって、そのうち生が愛《いと》おしく思えるようになるさ」

「わたしの気持ちは、同じ目に遭《あ》った同性にしかわからないわ」

「それはそうかもしれない。しかしな、梨沙の存在が生きる張りになってる者はたくさんいるんだよ。そういった人々のためにも、逞《たくま》しく生き抜く義務があるんだ」

「才賀さんがそんなありきたりの説教をするとは思わなかったわ。あなたなら……」

「そんなに死にたいか？」

「この世にいるのは耐えがたいわ」

「だったら、好きにしろよ」

「えっ⁉」

「おれがベランダから身を投げるとこを見届けてやる。浴室に干《ほ》してあるパンティはまだ乾いてないだろうが、取ってこいよ。梨沙は、おれの長袖シャツしか素肌にまとってないわけだから、下半身は裸で死ぬことになる。それじゃ、恥ずかしすぎるだろう？」

「………」

「いま、おれが梨沙のショーツを取ってきてやろう」

才賀はわざと冷たく言って、身を起こしかけた。すると、梨沙が慌《あわ》てて向き直った。

「いや、行かないで。わたし、怖くて死ねない」

「だったら、もうつまらないことは言うな」

「う、うん」

「いい子だ」

「わたしのこと、ほんとうに汚いと思わない？」

「梨沙のどこが汚いんだ？」

「唇も乳房も性器も、二人の香港やくざに……」

「体に付着した汚れなんか、もうとっくに湯水で洗い落とされてるさ。おれは、まったく気にならない」

「だったら、わたしを抱いて！」

梨沙が切迫した声で言った。ナイト・スタンドの灯《ひ》が、長い睫毛《まつげ》に宿った涙の雫《しずく》を光らせていた。

才賀は梨沙と胸を重ね、光る粒《つぶ》を吸い取った。上瞼《うわまぶた》にくちづけし、愛らしい唇を軽くついばんだ。

「ありがとう」

梨沙が目をとじたまま、小さく言った。それから彼女は、おずおずと才賀の唇をついばみ返してきた。

二人は初めて求め合った夜のように何度もバード・キスを繰り返し、舌を深く絡《から》め合った。

才賀はディープ・キスを交わしながら、優しく梨沙の長袖シャツを脱がせた。早くも乳首は痼《しこ》っていた。才賀は乳房を交互にまさぐり、指先で梨沙の裸身を優しく撫《な》でた。柔肌の火照《ほて》りが快《こころよ》い。

才賀は手早くパジャマとトランクスを脱ぎ、改めて体を重ねた。乳房の感触が心地いい。

「厭《いや》なことを忘れさせて……」

梨沙が上擦《うわず》った声で囁《ささや》き、才賀の唇を貪《むさぼ》りはじめた。

才賀は濃厚なくちづけを切り上げ、唇を滑らせはじめた。耳朶《みみたぶ》を甘咬《あまが》みし、舌の先を内耳に潜《もぐ》らせる。梨沙が甘やかに呻き、身をくねらせた。くすぐったさには快感が混じっているにちがいない。

才賀は白い項《うなじ》、喉元、鎖骨に口唇を這わせ、片方の乳房を口に含んだ。軽く吸いつけ、舌の先で転がす。そうしながら、弾《はず》みの強い隆起を揉んだ。

梨沙の喘《あえ》ぎは、淫《みだ》らな呻きに変わった。

才賀はそそられ、指をさまよわせはじめた。ウエストのくびれや下腹をなぞり、ぷっくりとした恥丘を愛撫する。

逆三角に繁った飾り毛は細くしなやかだった。文字通りの和毛《にこげ》だ。五指で梳《す》くたびに、絹糸のような手触りを感じた。

才賀は二つの乳首を啜《すす》り終えると、梨沙の両腕を上げさせた。わずかに伸びた腋毛が妙にエロチックだった。

才賀は腋の下に顔を埋め、梨沙の合わせ目を探った。膨《ふく》らんだ二枚の花弁は、わずかに綻《ほころ》んでいた。敏感な芽は包皮から零《こぼ》れ、誇らしげに屹立《きつりつ》している。

その部分を慈《いつく》しむと、梨沙の顎《あご》が浮いた。閉じた瞼の陰影が濃い。整った美しい眉《まゆ》は切なげに寄せられている。半開きの口は妖《あや》しかった。

才賀はピアニストのように指を躍《おど》らせはじめた。数分経つと、梨沙は沸点に達した。愉《ゆ》悦《えつ》の唸《うな》りは高く低く響いた。

才賀は襞《ひだ》の奥に右手の中指を沈めた。内奥《ないおう》は熱く潤《うる》んでいた。梨沙が尻をもぞもぞとさせた。

（次の愛撫をせがんでるんだな）

才賀は中指でGスポットをこそぐり、親指の腹で包皮に隠れかけた肉の芽を圧《お》し転がしはじめた。

それはすぐに硬く張り詰めた。生ゴムに似た感触だった。芯《しん》の塊《かたまり》は真珠を想わせた。ころころとよく動く。

「たまらないわ。好きよ、才賀さん……」

梨沙が全身をのけ反《ぞ》らせた。

それから間もなく、彼女は二度目の極みに昇り詰めた。次の瞬間、スキャットめいた声を発した。裸身は断続的に震えた。

才賀の中指がきつく締めつけられた。快感のビートも伝わってきた。さらにフィンガー・テクニックを駆使しつづけると、梨沙は狂ったように身をくねらせた。

才賀はタイミングを計らって、指を引き抜いた。

二人は、いつものように口唇愛撫を施《ほどこ》し合いはじめた。

梨沙の舌技は、ふだんよりもずっと情熱的だった。才賀は欲情を煽《あお》られ、梨沙の秘めやかな部分を唇と舌で甘く嬲《なぶ》った。

梨沙は才賀を頬張りながら、三度目のエクスタシーを迎えた。才賀は危うく猛《たけ》った分身に歯を立てられそうになった。

才賀は梨沙に小休止を与えてから、穏《おだ》やかに体をつないだ。

最初は正常位だった。その後、何度か体位《ラーゲ》を変え、仕上げは正常位に戻った。いつものパターンだった。

才賀は六、七度浅く突き、一気に奥まで分け入った。むろん、腰に捻《ひね》りも加えた。

梨沙は控え目ながらも、才賀の動きに合わせた。下品な女が迎え腰を使うと、興醒《きょうざ》めする。しかし、梨沙の場合は少しも不潔ではなかった。

二人はリズムを合わせ、ほぼ同時に果てた。

互いに余韻を汲《く》み取ってから、結合を解いた。才賀は後戯も忘れなかった。

「わたし、やっぱり死にたくない。自殺したら、こんなハッピーな気分はもう味わえなくなるんだもの」

梨沙がそう言い、才賀の胸に頬を擦《す》り寄せた。才賀は梨沙の肩を抱き寄せた。

「気持ちが落ち着くまで、ここに泊まれよ。自分のマンションに戻ったら、また桐谷兄弟に狙われるだろうからな」

「迷惑じゃない？」

「いや、全然！」

「それじゃ、そうさせてもらおうかな」

「ああ、そうしろよ」

二人は身を寄り添わせたまま、眠りに落ちた。

才賀は午前十一時過ぎにベッドを抜け出し、近くの商店街に走った。梨沙の衣類、下着、スポーツ・キャップなどを買い、スーパーに寄った。食料品を買い揃え、フランスパンやクロワッサンも求めた。

部屋に戻ると、梨沙は浴室でシャワーを浴びていた。才賀はバスルームから出てきた梨沙に衣服とランジェリーを手渡し、朝食の支度に取りかかった。

スクランブル・エッグを皿に盛りつけたとき、寝室から梨沙が現われた。

「後は、わたしに任せて」

「それじゃ、頼むか」

才賀はリビング・ソファに坐り、堀内に電話をかけた。前夜のことをつぶさに伝える。

「それはよかった」

「電話、梨沙と替わりましょうか？」

「すぐ近くにいるのか？」

「ダイニング・キッチンで、朝飯の用意をしてくれてるんだ」

「それなら、いいよ。才賀ちゃん、桐谷兄弟がこのまま黙ってるわけないぞ。同僚の刑事に二人を逮捕《パク》らせたほうがいいな」

「いずれ、そうするつもりでいるんです。でも、その前に兄弟に確かめたいことがあるんだよね」

「何を確かめたいんだい？」

「たいしたことじゃないんです。それより、旦那、なんかいつもと様子が違うな。何か心配ごとでもあるんですか？」

「女房の聡子《さとこ》と一年前から別居してることは、そっちも知ってるよな？」

「ええ。堀内の旦那が仕事一筋で奥さんのことをずっと顧《かえり》みなかったんで、離婚も視野に入れた別居生活を求められたという話でしたよね？」

「そうなんだ。それで聡子は東中野のアパートで独り暮らしをしながら、第三生命で生保の外交員をやってるんだよ」

「奥さんの身に何か起こったんですか？」

「ちょっと女房に教えてもらいたいことがあったんで、きのうの午後、聡子の携帯を鳴らしてみたんだよ。そうしたら、電源が切られてたんだ」

「どうしたんですかね？」

「そんなことは一度もなかったんで、勤務先に電話をしたんだよ。そうしたらさ、無断欠勤してるって言うんだ。なんか心配になったから、夕方、聡子のアパートに行ってみたんだよ。しかし、留守だった」

「それは心配ですね」

「おれがビデオ・ジャーナリストの行方を追ってることに桐谷兄弟が気づいて、聡子を連れ去ったんだろうか」

「旦那の奥さんを人質に取る気だったら、もっと早い時期に実行してるでしょ？」

「そうか、そうだよな。仕事を通じて知り合った中年の独身男と親しくなって、温泉旅行にでも出たんだろうか。聡子はもう四十八なんだが、おれと別れたら、人生最後の恋愛をしたいなんて言ってたんだ」

「若い女なら、そういうこともやるかもしれないが、奥さんは分別のある年齢なわけだから……」

「考えられない？」

堀内が言った。

「ええ、ちょっとね」

「となると、女房は何か事件に巻き込まれたんだろうか。しかし、聡子はもう若くないし、金持ちの妻でもない。誘拐の対象にはならないと思うんだ」

「もしかしたら、奥さんは何か犯行をたまたま目撃したんじゃないのかな。たとえば、轢《ひ》き逃げ犯を大声で呼びとめたんで、無理やりに車に乗せられて連れ去られたとか。あるいは、窃盗の事件現場に運悪く居合わせたとかね」

「そうなんだろうか。どっちにしても、聡子が明日も無断欠勤したら、同僚たちに会って、交友関係を調べてみるよ。場合によっては、捜索願を出すことにする」

「そのほうがいいと思います。おれにできることがあったら、いつでも声をかけてください」

才賀は電話を切って、堀内の妻のことを梨沙に話した。

「それは心配ね。堀内さんには折を見て、メールを送るわ」

「そうしてやってくれ」

「さあ、用意が出来たわよ」

梨沙がダイニング・テーブルの横に立った。

才賀はソファから立ち上がり、梨沙と向かい合った。卓上にはバケットとコーヒーが並んでいた。スクランブル・エッグには生ハムとプチ・トマトが添えてあった。

「後でいったん自分の部屋に戻って、着替えや洗面道具を取ってくるわ」

「ひとりで下高井戸のマンションに行くのは危険だな。おれも一緒に行こう」

「そうしてもらえると、心強いわ」

梨沙が笑顔で言った。

二人はゆったりと遅い朝食を摂《と》った。梨沙が洗面所で化粧をしはじめると、才賀は桐谷秋乃の携帯電話を鳴らした。

「無事だったのね」

「ああ。なんとか人質を救出できたよ。旦那は？」

「家には戻ってこなかったの。義弟と一緒にいるんだと思います、居所はわかりませんけど」

秋乃が言った。才賀は前夜の出来事を詳しく話した。

「兄弟が香港マフィアの親分に女性ビデオ・ジャーナリストの拉致を頼んで、神戸連合会の難波という理事を殺してもらったことは間違いなさそうね。さらに桐谷たちは、あなたを殺そうとした。当然、二人は逮捕されるでしょうね。わたし、夫が起訴されたら、弁護士に署名捺印《なついん》済みの離婚届を託すつもりです」

「そう。離婚後の生活設計は？」

「まだ何も考えてません。二、三日旅でもして、今後の身の振り方を考えようと思ってるんです」

「ペーターは、どうするんだい？」

「誰か貰ってくれる方を見つけます」

「そう。あなたとは奇妙な縁だったが、何かと世話になったね。ありがとう。どうかお元気で！」

「ええ、あなたもね。さようなら」

秋乃が先に電話を切った。

才賀は寝室に入って、外出の準備に取りかかった。といっても、ラフな服をまとったにすぎない。

やがて、才賀は梨沙と部屋を出た。梨沙は散切《ざんぎ》り頭を隠すため、白いキャップを被《かぶ》っていた。そのせいか、若く見える。

才賀は覆面パトカーの助手席に梨沙を乗せ、下高井戸に向かった。

一キロも走らないうちに、彦根刑事部長から電話がかかってきた。

梨沙に超法規捜査のことを知られたくない。才賀はエクスプローラーをガードレールに寄せ、急いで外に出た。覆面パトカーから十メートルほど離れ、昨晩の出来事を彦根に報告する。

「なぜ、もっと早く報告してくれなかったんだ？」

「すみません。救出した人質の心が不安定だったものですから……」

「公私混同だな。しかし、今回は大目に見よう。きみの大事な女友達は馬《マー》の手下どもにひどいことをされたわけだから。桐谷兄弟が並木稔殺しに関与してないんだったら、二人の始末はきみに任せる」

「わかりました」

「兄弟が並木稔殺しには関わってないとしたら、死刑囚の釈放を求めたのは『コニー』の川手会長なんだろうな？」

「そうなんでしょう。しかし、なぜ川手は死刑が確定してた隠し子をわざわざ東京拘置所から誘い出して、仕組んだ交通事故で焼死させなければならなかったのか。その謎が未《いま》だに解けてません」

「そうだね。もう個人的な問題には片がついたんだから、極秘任務に専念してくれ。いいね？」

「はい」

「それでは、健闘を祈る」

彦根が先に通話を切り上げた。

才賀は携帯電話を上着の内ポケットに突っ込み、覆面パトカーに駆け戻った。運転席に腰かけると、梨沙が泣き笑いに似た表情になった。

「もしかしたら、わたし、二股をかけられてたんじゃない？」

「急に何を言い出すんだ？」

「わざわざ車を降りてから相手と喋るなんて怪しいわ。才賀さんは女好きだから、ひとりの彼女では満足できないのかもしれないけど、女としては辛いわね」

「誤解だよ。いま電話をかけてきたのは、仕事関係の男なんだ」

「ほんとに？」

「ああ」

才賀は携帯電話を懐から取り出し、サブ・ディスプレイに着信履歴を表示させた。彦根のフル・ネームを見ると、梨沙が桃色の舌を少し覗かせた。

「疑ったりして、ごめんね。わたし、才賀さんのことが好きでたまらないから、つい嫉妬深くなっちゃうの。こんな調子じゃ、いつか嫌われそうね」

「嬉しいよ、焼かれてさ」

「ほんとに？」

「ああ。おれも梨沙にぞっこんだからな」

才賀は梨沙の頬に軽いくちづけをし、車をふたたび走らせはじめた。

二十分そこそこで、梨沙の自宅マンションに着いた。エクスプローラーをワンルーム・マンションの脇に駐め、梨沙の部屋に入った。

「例のビデオを取り出してくれないか」

才賀は言った。梨沙がうなずき、手洗いのドアを開けた。

すぐに彼女は貯水タンクの中から、密封容器に入った一巻のビデオ・テープを取り出した。

ほどなくビデオ・テープが再生された。こっそり撮影された映像には、桐谷弁護士の顔が鮮明に映っていた。

「喋ってる相手が『紅龍会《ホンロンホイ》』の馬《マー》会長よ」

「典型的な悪党面《づら》だな。じっくり密談の様子を観《み》たいね。そっちは、荷物をまとめちゃってくれ」

才賀は梨沙に言って、ビデオ・テープを巻き戻しはじめた。

第五章　哀しい人間模様

1

三〇五号室のドアを押し開けた。

そのとき、刃風《はかぜ》が耳に届いた。目の前にいる男が振り下ろしたのは、青龍刀《せいりゅうとう》だった。

とっさに才賀は、ノブを手前に引いた。

襲撃者が呻いて、中国語で何か罵《ののし》った。野太《のぶと》い声だった。

「ベランダの近くまで退《さ》がっててくれ」

才賀は梨沙に言って、両手でノブを力まかせに手繰《たぐ》った。

暴漢が長く唸《うな》った。青龍刀が三和土《たたき》に落ちた。硬質な音がした。

才賀はドアを肩で弾《はじ》き、素早く青龍刀を拾い上げた。馬《マー》の子分と思われる三十二、三の男は歩廊にうずくまっていた。スチール・ドアが、もろに額に当たったようだ。

才賀は、男を梨沙の部屋に引きずり込んだ。スチール・ドアを閉め、青龍刀を相手の首筋に寄り添わせる。

「おまえ、『紅龍会《ホンロンホイ》』のメンバーだな？」

「日本語、わからない」

暴漢が言った。才賀は青龍刀を起こし、無造作に引いた。

男が声をあげた。首から鮮血があふれだした。

「おれの質問にちゃんと答えないと、そっちの首を刎《は》ねるぜ」

「………」

「馬《マー》の子分だな？」

「そう」

「おまえの名は？」

「唐《タン》いうね」

「日本語、わかるじゃないか！」

「ほんの少しだけ」

「桐谷敏に雇われたんだな？」

才賀は畳みかけた。

「それ、違う。わたし、桐谷利典さんに頼まれたよ」

「弟のほうか。利典は、おれを殺せと言ったんだな？」

「うん、そうね。それから、この部屋の女も連れてこいと言った」

「桐谷兄弟は、どこにいるんだ？」

「利典さんは自分のオフィスにいるはず。でも、桐谷弁護士の居所、わたし、わからないね。あなた、わたしを殺す気か？」

「雑魚《ざこ》を殺《や》っても仕方ない」

「あなた、優しいね」

唐《タン》が安堵《あんど》した顔で言った。

才賀はにやにやしながら、唐《タン》を歩廊に蹴り出した。青龍刀の刃先を靴で押さえ、刀身を真っ二つに折った。

唐《タン》が驚きの声を洩《も》らした。

「背中に穴を開けられたくなかったら、折れた刃物を持って消えるんだな」

才賀は上着の裾《すそ》を捲《めく》って、グロック26を見せた。

唐《タン》が目を剝《む》いた。折れた青龍刀を拾い上げ、階段の降り口に向かって走りだした。

（あいつは、もう襲ってこないだろう。しかし、仲間が梨沙を引っさらうかもしれないな。彼女をおれの部屋に泊めても安心できない。こっちは捜査で外に出なきゃならないからな）

才賀はそう思いながら、三〇五号室に戻った。すぐに奥から梨沙が走ってきた。

「怪我はない？　さっきの男は？」

「追っ払ったよ。あいつは、もうここには来ないだろう。しかし、別の奴が梨沙を拉致しようとするかもしれない」

「えっ、怖いわ」

「おれの部屋も危険だ。梨沙は、しばらくホテルに泊まったほうがいいな。なるべく梨沙のそばにいるようにするよ」

「それなら、心強いわ」

「着替えを詰めたバッグを取ってきてくれ」

才賀は言った。梨沙がうなずき、部屋の隅まで走った。

ほどなく二人は三〇五号室を出た。

才賀は梨沙の手を取りながら、一階まで階段を下った。唐《タン》の姿は、どこにも見当たらなかった。不審な人影も目に留《と》まらない。

二人は覆面パトカーに乗り込んだ。

才賀はエクスプローラーを渋谷に向けた。公園通りに面したシティ・ホテルのセキュリティが万全であることを思い出し、そこにチェック・インする気になったのだ。

二十数分で、目的のホテルに到着した。フロントに急いだ。チェック・インする。

十二階のツイン・ベッドの部屋に通された。

二人は部屋で寛《くつろ》ぎ、午後四時過ぎに館内のグリルで遅い昼食を摂《と》った。食事中、才賀は今夕六時に放映されるニュース番組に桐谷弁護士がレギュラー出演していることを思い出した。局は、千代田区内にある東日本テレビだった。

才賀は梨沙を部屋まで送り届けると、エレベーターで地下二階の駐車場に降りた。エクスプローラーに乗り込み、東日本テレビに向かう。

数キロ進んだとき、不意に頭の中が無数の気泡《きほう》で一杯になった。突然、行き先がわからなくなった。海馬を傷《いた》めたことによる後遺症だ。

（まいったな。おれは何をしようとしてたんだろうか）

才賀は車をガードレールに寄せ、両切りピースをたてつづけに二本喫《す》った。それでも、思考回路は塞《ふさ》がったままだ。記憶が飛んだまま、虚《むな》しく数十分が経過した。

突然、彦根刑事部長の童顔が脳裏に浮かんだ。

しかし、厄介《やっかい》な後遺症のことは彦根には打ち明けていない。そのことを話したら、超法規捜査から外されるだろう。それだけは避けたかった。

極秘任務は常に死と背中合わせだが、救いようのない悪人たちに密《ひそ》かに鉄槌《てっつい》を下す快感は捨てがたい。一件に付き一千万円の報奨金も魅力がある。非合法捜査が打ち切りになるまで、特殊な任務に携《たずさ》わりたい。

（早く記憶の糸がつながってくれ）

才賀は切実な思いで祈った。

そのすぐあと、堀内から電話がかかってきた。

「才賀ちゃん、どうやら女房は何か事件に巻き込まれたようなんだ。少し前に第三生命の上司や同僚の生保外交員に会ってきたんだが、聡子は客のひとりに中年女性向けのブティックの経営を任せられるかもしれないと半月ほど前から浮かれてたと言うんだよ」

「第三生命？　ブティックの経営って？」

「おい、どうしちゃったんだよ」

「いや、ちょっと考えごとをしてたんですよ。申し訳ない」

才賀は言い繕って、少し間を取った。やがて、思考力が蘇《よみがえ》った。

「その客は、男なんですか？」

「いや、二つ三つ年上の女性らしいんだ。名前までは明かさなかったらしいんだが、その彼女に数億円の金が入る予定なんだと同僚の生保レディに洩らしてたようなんだよ」

「そうですか」

「女房は結婚してから一度もパートに出たこともないんだ。だから、年齢の割には世間擦れしてないんだよ」

「ブティックの経営を任せるという話は、単なるはったりで、事実ではなかった？　それで、奥さんが怒って、相手を強く責めたと推測したんですね？」

「さすが才賀ちゃんだな。その通りだよ。聡子は、うまい話を持ちかけてきた相手の不誠実さを詰《なじ》ったんじゃないのかな？　で、相手の女が逆ギレして、聡子を軟禁してるのかもしれない」

「旦那、会社から奥さんが契約を取った客のリストを見せてもらった？」

才賀は訊いた。

「もちろん、顧客リストは見せてもらったさ。それで客のひとりひとりに電話をかけてみたんだ。しかし、該当するような契約者はいなかった」

「そうですか」

「聡子は社交的な性格だから、生保に入ってくれなかった客とも世間話をして、意気投合した可能性もあるんだ」

「そうだとしたら、該当者を割り出すことは困難だな。生保レディたちは訪問地区の町名なんかは日報に書き込むでしょうが、セール先をいちいちメモはしないでしょうからね」

「そうらしいんだよ。これから聡子が借りてる東中野のアパートに行って、室内に何か手がかりがあるかどうかチェックしてみようと思ってるんだ」

「何も手がかりを得られなかったら、奥さんの捜索願を所轄署に出したほうがいいと思うな」

「ああ、そうするよ。そっちに何か動きは？」

堀内が問いかけてきた。才賀は、唐《タン》のことを話した。

「桐谷兄弟は例のビデオが回収できないとなったら、才賀ちゃんと大伴梨沙を香港マフィアに始末させる気でいるんだろう。奴ら二人を早く逮捕《パク》ってもらったほうがいいよ」

「おれたちのことより、堀内の旦那は行方のわからない奥さんの安否《あんぴ》を心配したほうがいいですよ」

「そうだな。女房が無事だったら、家に戻ってもらうよ」

「未練があるんだったら、そうしたほうがいいですよ」

「ああ、そうするつもりなんだ」

堀内が電話を切った。

才賀は携帯電話を懐にしまい、覆面パトカーを発進させた。

東日本テレビに到着したのは、午後五時二十分ごろだった。

才賀は広い駐車場にエクスプローラーを置き、局のエントランス・ロビーに足を踏み入れた。受付カウンターに歩み寄り、警察手帳を受付嬢に短く提示した。

「コメンテーターの桐谷敏弁護士は、もう局入りしたのかな？」

「はい、十分ほど前に。控室で番組のディレクターと打ち合せ中だと思います。あるいはメーク中かもしれませんね。どちらにしても、まだ八《はち》スタには入ってないでしょう」

「そう。桐谷氏は実弟か、ガードマンと一緒だったのかな？」

「いいえ、おひとりでした。桐谷先生が何か犯罪に巻き込まれたんですか？」

「うん、まあね」

「もうすぐスタジオ入りですから、番組終了の七時にならないと、お取り次ぎはできないのですが……」

受付嬢が申し訳なさそうに言った。

「そうか」

「緊急逮捕か何かでしたら、桐谷先生のいらっしゃる控室にご案内しますけど」

「そういうことじゃないんだ。番組が終わるまで外で待つよ。そうだ、桐谷弁護士には警察の者が来たことは黙っててほしいんだ」

才賀は受付カウンターに背を向け、表に出た。さりげなく局の周辺を巡《めぐ》る。香港マフィアらしき男たちはいなかった。

（桐谷が何も用心しないで単独で行動してるのは、唐《タン》がおれを始末してくれたと思い込んでるからだろうな。それから、梨沙も取っ捕まえたと信じて疑ってないようだ」

才賀は覆面パトカーの中に入った。

ＦＭ放送の軽音楽番組を聴きながら、時間を遣《や》り過ごす。バート・バカラックのラブ・ソングが流れてきたとき、なんの脈絡もなく桐谷秋乃の憂《うれ》い顔が頭に浮かんだ。

（おれが二枚目弁護士を人気《ひとけ》のない場所で射殺したと知ったら、秋乃はどんな反応を示すかな。おれを憎むことはないだろうが、夫が破滅する姿を見られなかったことを残念がるだろう。しかし、梨沙は桐谷にひどい目に遭《あ》わされたんだ。彼女の恨みを晴らすために、一日も早く桐谷兄弟を葬《ほうむ》らないとな）

才賀は胸底《きょうてい》で呟《つぶや》いた。

それにしても、秋乃は好みにぴったりの女だった。達也という浮気相手のことが夫に知れることを恐れて、彼女は飯田橋のホテルで体を投げ出そうとした。

男の美学に拘《こだわ》ったことで、秋乃と肌を合わせることはできなかった。いまになって、少しばかり惜《お》しいことをしたと思う。しかし、あのとき、秋乃を抱いていたら、男の価値を下げることになる。やはり、それはみっともない。

（抱かなかった女は、この先も輝きを失わない。秋乃と深い関係にならなかったが、それでいいのさ）

才賀は自分に言い聞かせた。

それから数分後、彦根から電話がかかってきた。才賀はラジオのスイッチを切ってから、携帯電話を耳に当てた。

「別働隊から気になる報告があったんだ」

「どんなことでしょう？」

「並木稔の母親の祐子がおとといの夜、目黒区の碑文谷《ひもんや》の歩道橋の階段の上から何者かに突き落とされ、区内の救急病院に運ばれてたらしいんだ。並木祐子は頭部を強く打って、いまも昏睡状態だというんだよ」

「犯人はどんな奴だったんです？」

「三十代の地味な感じの男だったそうだ。稔が釈放された日、東京拘置所の周辺に警察車が張り込んでるかどうか地元のスケート・ボーダーの若者にチェックさせた正体不明の男がいたと言ってたね？」

「ええ。結局、正体は摑めなかったんですが……」

「これは直感にすぎないんだが、その男が並木祐子を歩道橋の階段の上から突き落としたんではないだろうか」

「だとしたら、そいつを操《あやつ》ってたのは『コニー』の川手会長なのかもしれません」

「その根拠は？」

「確たる証拠はありませんが、川手氏は強引な手段で買収や乗っ取りを重ねて事業を拡大してきた男です。前にも申し上げましたが、かつて愛人だった並木祐子は川手会長の致命的な犯罪の証拠をちらつかせて、巨額の口留《ど》め料を要求してたんではないのかな？」

「そのことが表沙汰になったら、川手彰一は築き上げてきたものを何もかも失うことになるわけだね？」

「ええ、そうです。刑事部長、並木祐子の入院先に別働隊のメンバーを張り込ませてもらえますか？　祐子の意識が蘇《よみがえ》ることを恐れた犯人が病室に忍び込んで、被害者の息の根を止めに現われるかもしれませんから」

「ああ、そうだね。そいつの身柄を押さえれば、雇い主が川手彰一かどうかはっきりするわけだ」

「ええ」

「その件は、すぐ手配しよう。それからね、事件当日、並木祐子は現場近くの一括《いっかつ》売りマンションを不動産会社の者と観《み》に行ったことがわかったんだよ。築八年の三階建てマンションで、売値は二億四千万円だというんだ」

「冷やかしで物件案内を頼んだとは思えませんね。やっぱり、並木祐子にはまとまった大金が入る予定があったんでしょう」

「そう考えてもよさそうだな。才賀君が推測したように、並木祐子は昔のパトロンの川手彰一を強請《ゆす》ってたんだろうか」

「ええ、おそらくね。川手氏の致命的な弱みが何なのかは、まだわかりませんが……」

「並木祐子は、息子の稔をヒスパニック系の男に始末させたのが川手彰一と見抜いて、巨額の口留め料を脅し取る気になったんだろうか」

「そうなんでしょう。そして、稔は実父の致命的な弱みを母親から聞いてて、東京拘置所から自分の養育費を一括で支払ってほしいと二度も川手氏に手紙を書いた」

「しかし、梨の礫《つぶて》だったということだったね？」

「ええ、そうです。もちろん、稔はその養育費を母親の老後の生活費に充《あ》てるつもりだった」

才賀は言った。

「その通りだとしたら、切ない話だね。六人もの人間を焼き殺した並木稔も、母親には人間としての情《じょう》を懐《いだ》いてたわけだ」

「ええ」

「なんだか哀《かな》しい話だね。そちらに何か報告することは？」

彦根が問いかけてきた。才賀は少し迷ってから、梨沙の自宅マンションで唐《タン》に襲われたことを話した。

「桐谷利典に雇われたことを吐いたんなら、兄弟が共謀したにちがいない。才賀君、桐谷兄弟を早いとこ始末したほうがいいな」

「一両日中に、二人とも地獄に送ってやります」

「そうしてくれ」

彦根が通話を切り上げた。

才賀は携帯電話を上着の内ポケットに突っ込み、また紫煙をくゆらせはじめた。煙草が健康を害することは百も承知だったが、禁煙をする気はない。酒、女、煙草とは生涯、縁が切れないだろう。

ハンサムな弁護士が局の表玄関から姿を見せたのは、七時十分ごろだった。

（やっと片をつけられるな）

才賀は静かに覆面パトカーから降りた。

数メートル歩いたとき、桐谷の前に一台の黒いスカイラインが急停止した。すぐに乾いた銃声が二度響いた。桐谷が倒れた。

スカイラインが猛スピードで走り去った。

（なんてことなんだ）

才賀は舌打ちして、桐谷に駆け寄った。顔面と首を撃たれた桐谷敏は仰向けに倒れたままで、マネキン人形のように動かない。

（川手が『コニー』の株を買い進めてる弁護士を殺し屋《プロ》に殺《や》らせたんだろうか）

才賀は野次馬が群れる前に、事件現場から遠ざかりはじめた。

2

三階の窓だけが明るい。

赤坂にある『桐谷エンタープライズ』だ。桐谷利典の事務所兼自宅である。

才賀は、あたりを見回した。人のいる気配はうかがえない。東日本テレビから、ここに回ってきたのだ。

（弟は、まだ殺されてないだろう。せめて利典は、おれの手で葬《ほうむ》らないとな）

才賀は一階の出入口に近づいた。

意外にも、ドアはロックされていなかった。才賀は建物の中に侵入し、階段を静かに昇った。

最上階に達すると、ドアの向こうから女の泣き声が聞こえた。英単語が切れ切れに聞こえる。男の荒い息遣《いきづか》いも耳に届いた。何かで揉めているのか。少し様子がおかしい。

（桐谷利典が元スチュワーデスのスージーとかいうヤンキー娘と痴話喧嘩でもしたのか）

才賀はベルトの下からオーストリア製の自動拳銃を引き抜き、スライドを引いた。初弾が薬室に送り込まれた。

ノブに手を掛ける。

施錠はされていない。才賀はグロック26を構えながら、ドアを開けた。

そのとたん、濃い血臭《けつしゆう》が寄せてきた。ダブル・ベッドの上で、全裸の桐谷利典が死んでいた。前頭部、左胸、下腹部の三カ所を撃たれ、血まみれだ。

床には二十代の白人女性が這わされ、南米系の男に背後から貫《つらぬ》かれていた。男は白っぽいチノクロス・パンツを膝の下まで降ろしている。肌はココア色だった。

「そのまま、そのまま！」

才賀はヒスパニック系の男の肩口に銃口を当て、前に回り込んだ。トレーラーをわざとタクシーにぶつけて逃走した外国人だった。

「わたしを救《たす》けて！　後ろにいるコロンビアの男が部屋に押し入って、わたしの彼氏をいきなり撃ち殺したの。それから、わたしに獣の姿勢をとらせて……」

白人女性が涙声で言った。母国語だった。彼女はスージーと名乗り、桐谷利典と恋仲だったことを問わず語りに明かした。

「男から離れろ」

才賀は日本語で言った。

スージーが這って男から離れ、ベッドの向こう側でランジェリーをまといはじめた。金髪だったが、陰毛はマロン・ブラウンだった。頭髪をブロンドに染めているのだろう。

両膝立ちの男のペニスは、まだ硬度を保っていた。巨根だった。黒々としている。

「名前は？」

才賀は訊《き》いた。

相手は不敵に笑っただけだった。

才賀は銃把《グリップ》の底部でコロンビア人らしい男の頭頂部を強打した。男が尻から落ち、床に転がった。

下着姿のスージーが桐谷の遺体に取り縋《すが》って、泣きじゃくりはじめた。

才賀は南米系の男の腰と腹を蹴りまくった。男は転がりながら、スペイン語で悪態《あくたい》をついた。

「撃たれたくなかったら、おれの質問に答えろ。おまえ、コロンビア人なのか？」

「そうだ」

相手が日本語で答えた。

「なんて名だ？」

「ペドロだよ。ペドロ・イグリシャス……」

「『コニー』の川手会長に頼まれて、並木稔の乗ったタクシーにわざとトレーラーをぶつけたな？」

才賀はペドロの右手の甲を踵《かかと》で強く踏みつけた。ペドロが凄《すさ》まじい声をあげた。

「どうなんだ？」

「そう、そうだよ」

「今夜七時過ぎに東日本テレビの表玄関前で桐谷敏を射殺したのも、おまえだなっ」

「桐谷兄弟、悪い人間ね。だから、川手さんの味方になったね」

「きれいごとを言うな！　おまえは金欲しさに並木稔、桐谷敏、桐谷利典の三人を殺しただけだろうが」

「妹の旦那、カカオ工場で機械に挟まれて、片腕を椀《も》がれたね。それで、ほとんど収入がなくなった。わたしの妹、夫と子供のために売春婦になって稼ぐと言った。でも、そんなことさせられない」

「だから、日本に来て、殺し屋になったわけか」

「最初はコカインの運び屋をやってた。だけど、仲間が捕まっちゃったね。だから、大久保でラテン・パブをやってるカルロスって男に頼んで、日本の裏社会の人たちを紹介してもらった」

「殺しの成功報酬は？」

「ひとり日本円で五百万ね。三人殺《や》ったから、わたし、川手さんから千五百万円貰える。それだけあれば、妹一家、とってもハッピーになれるね。わたしも嬉しい」

「着手金はどのくらい貰ったんだ？」

「三人分で六百万円ね。あと九百万円貰えることになってる」

「タクシーの中で運転手と一緒に焼け死んだ並木稔は、川手彰一の実の息子なんだ。愛人に産ませた隠し子なんだよ」

「それ、知らなかった。川手さん、焼け死んだ死刑囚と彼の母親に昔のことで強請《ゆす》られてると言ってた。脅迫者の言いなりになったら、自分は何もかも失うことになると何度も言ってたよ」

「どんなことで強請られてると言ってた？」

「そのこと、教えてくれなかった。とうに十五年は過ぎてるから、刑務所に入れられることはない。けど、社会的信用を失うことになるから、どうしても脅迫者たちを始末しておきたいと言ってたね」

「そうか」

才賀は短く応じた。殺人罪は十五年で時効になる。やはり、川手は若いころに誰かを殺害したようだ。

ペドロが横たわったまま、器用にトランクスとチノクロス・パンツを引っ張り上げた。

「わたし、そのヒスパニックを赦《ゆる》せない。あなたの拳銃《ハンドガン》を貸して」

スージーが亡骸《なきがら》から離れ、才賀に英語で言った。

「こいつを殺す気なのか？」

才賀はブロークン・イングリッシュで問いかけた。

「殺しはしないけど、男根《コック》を拳銃で弾《はじ》き飛ばしてやりたいの。その男は利典を撃ち殺すと、わたしを犬のように這わせて、いきなり汚いものを突っ込んできたのよ」

「ペニスを撃ったら、出血多量で死んじまうぜ。ペニスを嚙むぐらいだったら、失血死はしないだろうがな」

「いま、いい考えが浮かんだわ」

スージーがにやついた。ペドロがスージーを指さしながら、スペイン語で何か喚《わめ》いた。

才賀はペドロの脇腹を蹴り、仰向《あおむ》けにさせた。そのとき、上着の内ポケットから消音器付きのルガーKP94が零《こぼ》れた。アメリカ製拳銃で、ステンレス製だ。

才賀はルガーを奪い、素早く残弾を検《しら》べた。六発だった。

スージーが、ペドロの腰のあたりに坐り込んだ。チノクロス・パンツのファスナーを一気に下げると、トランクスの中に片手を突っ込んだ。

それから間もなく、ペドロが目を白黒させた。スージーは唸りながら、ペドロの睾丸《こうがん》を強く握り込んでいた。

「やめてくれ！　気が遠くなってきた」

ペドロが日本語で訴えた。

スージーは耳を貸さなかった。鬼のような形相《ぎようそう》で、ペドロの金玉を握り潰した。

ペドロが唸《うな》りながら、片脚を立てた。次の瞬間、ソックスの下から手裏剣《しゆりけん》に似た細いナイフを摑み出した。

刃物が閃《ひら》めいた。スージーが呻いた。脇腹を浅く斬られていた。

「どいてろ！」

才賀はスージーに言って、ルガーでペドロの額を撃ち抜いた。ペドロは即死した。声もあげなかった。床の血溜《だ》まりが拡《ひろ》がっていく。

「撃っちゃったわね。あなた、逃げたほうがいい」

スージーが震え声で言った。

「おれは捜査機関の者なんだ。それより、傷の手当てをしないとな。救急車を呼んでやろう」

「それは困るわ。わたし、オーバーステイなの。アメリカに強制送還されたくないのよ」

「だったら、早く服を着て、タクシーで大久保二丁目にある唐沢《からさわ》クリニックに行け。そこの院長は新宿の赤ひげ先生と呼ばれていて、やくざや不法残留の外国人たちの外科手術をやってるんだ。もちろん、患者のことを警察や東京入管に通報したりしないよ」

「そう。なら、そのクリニックに行くわ。利典とはいつか天国で会えると思うから、わたし、ひとまず消える」

「わかった。急げ！」

才賀は屈んで、ペドロのポケットをことごとく探った。雇い主の名刺は所持していなかった。携帯電話にも、川手彰一名義の電話番号は登録されていなかった。

「わたしを救《たす》けてくれて、ありがとう。あなたのことは一生、忘れないわ」

身繕《みづくろ》いを終えたスージーが礼を述べ、慌《あわ》ただしく部屋から出ていった。

才賀はルガーをペドロの死体のそばに置き、室内を検《しら》べはじめた。『コニー』の株券は見当たらなかった。

才賀は二階に降り、スチール・キャビネットを次々に覗いた。すると、隅のキャビネットに『コニー』の株券が大量に収まっていた。

才賀は株券の名義人を確認した。大半は桐谷敏名義になっていた。残りは弟の利典の名が記してある。譲渡人は七社の法人と三名の個人投資家になっていた。法人の多くは社名から察して、仕手筋《して すじ》と思われる。

（桐谷兄弟は『コニー』の株を半数以上押さえたら、川手から経営権を奪い取る気だったんだろう）

才賀はスチール・キャビネットから離れ、彦根刑事部長に電話をかけた。

「桐谷弁護士の実弟も殺されました」

「詳しい報告を頼む」

彦根が促《うなが》した。才賀は経過をつぶさに語った。

「ペドロというコロンビア人の供述通りだとすれば、一連の事件の首謀者は川手彰一ということになるね？」

「それは、もう間違いはないでしょう。川手は昔、誰かを自分の手で殺してるにちがいありません」

「その証拠を桐谷兄弟に握られてたとは考えられないだろうか」

「多分、それはないでしょう。仮に桐谷兄弟が川手彰一の過去の殺人の物証を押さえたんだとしたら、『コニー』の経営権を譲れと直《じか》に迫ってるはずです」

「そうだろうな。桐谷兄弟は七社の法人と三人の投資家を使って、『コニー』の発行株の十七パーセントあまり買い集めさせた」

「ええ、そうですね。逆に言えば、桐谷兄弟は川手彰一の致命的な弱みは知らないってことになります」

「そうだね。なんで、川手はペドロを使って桐谷兄弟を始末させたんだろうか。そこまでする必要はなかったと思うんだがな」

「桐谷兄弟は、川手にとって、手強《てごわ》い相手です。兄は弁護士で、弟は経済やくざでした。二人はどんな手段を用いても、『コニー』の筆頭株主になる気でいたことはわかってたはずです。川手は、兄弟の父親が経営してた衣料スーパー『シンプル』を乗っ取ったわけですからね」

「そうだったな」

「桐谷利典は裏経済界で暗躍してたわけですから、川手彰一の昔の犯罪をどこかで小耳に挟む可能性もあるでしょう」

「だろうね。そうなったら、川手は桐谷兄弟の脅迫を撥《は》ねのけることはできなくなる。それだから、危険人物は早めに葬っておこうと考えたわけか？」

「そうなんだと思います。それから、すでに致命的な弱みを知ってる並木祐子と息子の稔は絶対に生かしておけない。川手彰一は一種の強迫観念に取り憑《つ》かれて、ペドロに事故を装わせ、並木稔を始末させたんでしょう。そして、稔の母親を誰かに歩道橋の階段から突き落とさせたんだと思います」

「そうなのかもしれない。別働隊の者が三人ほど並木祐子の病室に貼りついてるが、いまのところ、何も異変はないそうだ」

「そうですか。それでは、こちらの後始末を別働隊にお願いしてください」

「わかった」

通話が終わった。

そのすぐあと、才賀は階段を駆け上がってくる複数の足音を耳にした。とっさに彼は出入口から遠のき、机の陰に身を潜《ひそ》めた。

待つほどもなく、三人の若い男が部屋に駆け込んできた。

彼らは両手にキャリー・ケースを提《さ》げていた。崩れた感じではない。といって、勤め人にも見えなかった。

(茶髪《ちゃぱつ》だし、服装もラフだから、フリーターかもしれない)

才賀は息を詰めて、三人の動きを見守った。

彼らは隅のスチール・キャビネットの前に立ち、『コニー』の株券をそれぞれのキャリー・ケースに移しはじめた。

（あいつらは川手彰一に金で抱き込まれて、桐谷兄弟が買い集めた『コニー』の株を奪いに来たんだろうか。だとしたら、名義の変更をする必要がある。川手は、二人の死者から、どうやって自社株を買い戻す気なのか）

才賀は素朴な疑問を感じた。

株券の名義変更は売り手と買い手の合意が必要だ。桐谷敏名義の持ち株は、妻の秋乃に相続されることになる。

川手彰一は、かつての秘書兼愛人だった秋乃をうまく言いくるめて、桐谷敏の持ち株をそっくり買い取る約束を取りつけたのか。だとしたら、秋乃は亡夫の持ち株を安く買い叩かれることになるだろう。

（そうではなく、川手は盗み出させた株券の名義をプロの偽造屋に変更させる気でいるのだろうか。三人を締め上げて口を割らせたいとこだが、しばらく様子を見ることにしよう）

才賀は、じっと動かなかった。

やがて、スチール・キャビネットが空《から》になった。三人の男はキャスター付きのキャリー・ケースを両手で押しながら、順番に出入口に向かった。

足音が小さくなってから、才賀は踊り場に走り出た。静かに階段を下り、表を見る。

男たちは薄茶のワンボックス・カーに六つのキャリー・ケースを手際《てぎわ》よく積み込んでいた。才賀は外に躍《おど》り出したい衝動を懸命に抑《おさ》えた。

男たちが相前後して、ワンボックス・カーに乗り込んだ。運転席に坐ったのは、髪を肩まで伸ばした男だった。二十三、四だろう。

才賀はワンボックス・カーが走りだしてから、『桐谷エンタープライズ』を出た。覆面パトカーの運転席に入るなり、エンジンを始動させた。

早くもワンボックス・カーの尾灯は、だいぶ小さくなっていた。才賀は用心しながら、ワンボックス・カーを尾行しはじめた。

マークした車は裏通りから青山通りに出ると、渋谷方面に進んだ。才賀は数台の乗用車を挟みながら、ワンボックス・カーを追跡した。

ワンボックス・カーは渋谷駅の横を抜け、そのまま玉川通りに入った。国道二四六号線だ。

堀内から電話がかかってきたのは、池尻《いけじり》ランプを通過した直後だった。

「女房が借りてるアパートで、重要な手がかりを得たよ。聡子はノート・パソコンで日記を付けてたんだが、失踪前々日、ブティックの経営を任せたいと言った知人のことを綴《つづ》ってたんだ。その知人は、なんと並木稔の母親の祐子だった」

「そう」

才賀は内心の驚きを隠して、努《つと》めて平静に応じた。

「日記の内容から察すると、どうも聡子は並木祐子から録音テープか何か預かったみたいなんだよ。並木祐子は録音テープを恐喝材料にして、誰かを強請ってたみたいなんだ。才賀ちゃん、そいつに見当がつくんじゃないのか？」

「そう言われても、思い当たる人物はいないな」

「ほんとかい？　聡子は恐喝材料を預かったから、拉致されたにちがいない。並木祐子の脅迫相手がわかれば、女房の監禁場所も突きとめられると思うんだ」

堀内が言い終えたとき、短く唸った。誰かに組みつかれたようだ。

「旦那、どうしたんです？　堀内さん、答えてください」

才賀は呼びかけた。

そのとき、先方の電話が切られた。

才賀は、すぐ堀内の携帯電話の短縮番号を押した。だが、すでに電源は切られていた。

（川手が堀内の旦那を誰かに拉致させたにちがいない。堀内夫妻を見つけ出してやらないとな）

才賀はワンボックス・カーを追尾しつづけた。

ワンボックス・カーは三軒茶屋の先で、右に折れた。そして、『馬事公苑パレス』の前で停まった。

（三人の雇い主は、桐谷秋乃だったのか。彼女は、昔のパトロンの川手彰一とよりを戻したんだろうか）

才賀はマンションの三、四十メートル手前でエクスプローラーを停止させ、そっと車を降りた。足音を忍ばせ、『馬事公苑パレス』に近づく。

高級マンションのアプローチに秋乃が立ち、三人の若者に何か指示を与えていた。彼らは大きくうなずき、ワンボックス・カーからキャリー・ケースを下ろした。

（秋乃を問い詰める前に、堀内夫婦の救出が先だ。川手彰一は、きっと誰かに並木祐子の口を封じさせるにちがいない。祐子の入院先に行ってみよう）

才賀は踵《きびす》を返した。

3

エレベーターが停止した。

七階だった。目黒救急医療センターである。

才賀はナース・センターに近づいた。中年の女性看護師に身分を明かし、並木祐子の病室に向かう。七〇九号室だった。

廊下には、三人の男が立っていた。別働隊の面々だ。そのひとりが才賀に気づき、足早に近づいてきた。久住《くすみ》という名で、三十三歳だった。

「ご苦労さん！　何も動きはないな？」

向かい合うと、才賀は先に口を切った。

「はい」

「並木祐子の容態《ようだい》は？」

「担当医の話ですと、生命に別状はないそうです。しかし、意識が戻るかどうかは五分五分だということでした」

「そうか。おたくら三人は死角になる場所に身を隠してくれないか」

「しかし、単独ではカバーしきれないのではありませんか？」

「おれは七〇九号室に身を潜《ひそ》めるつもりなんだ。病室の前におたくら三人が張り込んでたら、並木祐子を歩道橋の階段から突き落とした犯人が止《とど》めを刺しに来られないじゃないか」

「そうですが、ひとりでは危険すぎると思います」

「おれのことは心配ない。おたくたちは病室から離れてほしいんだ。そのほうが犯人を油断させやすいからな」

「そういうことでしたら、自分らは……」

「身を潜める前に各階の非常口の内錠を外しといてくれないか。おそらく犯人は非常階段を使って、入院病棟内に侵入するだろうからな」

「お言葉を返すようですが、各階の非常口のドア・ロックを外したら、犯人に囮《おとり》作戦だと看破《かんぱ》されてしまうのではないでしょうか？」

久住が遠慮がちに言った。

「そうだな。それじゃ、六階と七階の非常口の内錠だけ外しといてくれ」

「了解！」

「それから彦根刑事部長に、おれとおたくらの張り込み場所を報告しといてくれないか。頼むぜ」

才賀は言って、久住の肩を軽く叩いた。

久住が敬礼し、二人の同僚を手招きした。別働隊の三人は、すぐに遠ざかった。

才賀は七〇九号室の白い引き戸を横に払って、病室に足を踏み入れた。静かに引き戸を閉める。

右側にシャワールームとトイレがあり、その奥にベッドが見える。ほぼ中央部だ。

フット・ライトが灯《とも》り、病室は思いのほか明るい。シャワールーム側に洗面台があり、その横にはキャスター付きのテーブルが置いてある。

窓側には、冷蔵庫とテレビが並んでいた。

並木祐子は仰向《あおむ》けに寝ていた。頭部には、繃帯《ほうたい》が巻かれている。左の頬には小さな擦り傷があった。

「並木さん、並木さん！」

才賀は祐子の肩口を揺さぶってみた。しかし、なんの反応もなかった。

（犯人を待つほかなさそうだな）

才賀はベッドから離れ、手洗いの中に入った。電灯は点けなかった。

便座カバーの上に腰かけ、トイレのドアを閉める。携帯電話は入院病棟に入る前にマナー・モードに切り替えてあった。

才賀は辛抱《しんぼう》強く張り込みつづけた。

病棟内に火災報知機のアラームが鳴り渡ったのは、午後十時半ごろだった。

（おそらく犯人が別働隊に気づいて、注意を逸《そ》らすためにアラームを鳴らしたんだろう）

才賀は、そう思った。だとしたら、犯人はじきに七〇九号室に忍び込んで来るだろう。

才賀は気持ちを引き締めた。

それから間もなく、廊下にアナウンスが流れた。火災報知機が誤作動したようだという伝達だった。

一分も経たないうちに、七〇九号室の引き戸が開けられた。侵入者の足音はベッドに近づいていった。

才賀はそっと立ち上がり、ノブを少しずつ回した。トイレのドアを半分ほど押し開け、ブースから出る。

ベッドの手前に白衣を羽織《はお》った男が立っていた。男は両手でゴム・シートを大きく拡《ひろ》げ、それを祐子の顔面に覆《おお》い被《かぶ》せた。

才賀は男の背後に迫り、首筋に手刀打《しゅとう》ちを浴びせた。白衣の男が喉の奥で唸《うな》り、床に尻《しり》餅《もち》をついた。

才賀はグロック26を握り、男の目の前に回り込んだ。サラリーマン風で、少しも凶悪さは感じさせない。

「おまえが並木祐子を歩道橋の階段から突き落としたんだな、川手彰一に頼まれて」

「ぼくは研修医だ」

「研修医がゴム・シートで昏睡状態の入院患者を窒息死させようとするかっ。ふざけるな！」

「患者さんを殺そうとしたわけじゃない。ぼくは、ただ試《ため》してみたかっただけなんだ」

「何を？」

「並木さんが息苦しくなれば、意識を取り戻すかもしれないと思ったんだよ」

「研修医なら、必ず名札を付けてるはずだ」

「名札は、うっかり医局に置き忘れてきたんだよ」

白衣の男が言い訳した。才賀は銃口を相手の眉間《みけん》に押し当てた。

「一度死んでみるかい？」

「そのピストルは……」

「真正銃さ」

「ま、まさか⁉　モデルガンでしょ？」

「モデルガンかどうか、引き金を絞ってみようか？」

「や、やめろ。やめてくれ！」

「まず名前から教えてもらおうか」

「木暮恭輔《こぐれきようすけ》だよ」

「『コニー』の社員なんじゃないのか？」

「……」

「黙秘の肯定ってやつだな？」

「そうじゃない。ぼくは、ここの研修医だよ」

「もう少し上手に嘘をつけや。どっちの腕から撃ってほしい？」

「う、撃たないでくれーっ」

木暮と名乗った男が悲痛な声で叫んだ。

才賀は左手で、相手のポケットを次々に探った。運転免許証や身分証明書の類《たぐい》は所持していなかった。名刺入れも持っていない。

「別の場所で、とことん痛めつけてやる。立つんだっ」

「わかったよ」

白衣の男が立ち上がった。才賀は木暮を七〇九号室から引きずり出し、ナース・センターに立ち寄った。別働隊の三人は見当たらない。死角から、こちらの様子をうかがっているのだろう。

「並木祐子を集中治療室《ICU》に大急ぎで移してください」

「えっ、どうしてですか⁉」

中年の看護師が訝《いぶか》しんだ。

「この男は研修医になりすまして七〇九号室に忍び込んで、ゴム・シートで並木祐子を窒息死させようとしたんだ」

「ええっ」

「別の奴が並木祐子を殺しに来るかもしれないんだ。だから、ＩＣＵに移してほしいんですよ」

「わかりました。一一〇番したほうがいいんでしょうか？」

「その必要はありません。ただ、各階の非常口の内錠をしっかり掛けといてください」

才賀は言って、七〇九号室をさりげなく見た。いつの間にか、別働隊の三人が病室の近くにたたずんでいた。才賀はひと安心して、白衣の男をエレベーター・ホールまで歩かせた。木暮は観念したのか、従順だった。

二人はエレベーターで一階に降り、駐車場に向かった。木暮は怯《おび》えた様子だった。

広い駐車場には、エクスプローラーだけしか駐められていない。

「ぼくを殺す気なのか？」

「そっちの出方によっては、撃ち殺すことになるな」

「どうして、ぼくの言葉を信じてくれないんだ？」

「泣き言は、後でたっぷりと聞いてやるよ。おまえ、車の運転はできるな？」

「できるけど……」

「おれの車を運転するんだ。どこか人のいない場所で痛めつけてやる」

才賀は木暮を覆面パトカーに坐らせ、シート・ベルトを掛けた。フロント・グリルを回り込んで、助手席側のドアを開けた。

ほとんど同時に、脇腹に尖鋭《せんえい》な痛みを覚えた。アンプルが装着された吹き矢が突き刺さっていた。

（麻酔ダーツだな）

才賀は吹き矢を引き抜こうとした。そのとたん、激痛に見舞われた。どうやら矢の先には、鋭い返しが付いているようだ。

才賀は歯を喰いしばって、吹き矢を引き抜いた。

アンプルの溶液は三分の一ほど減っているだけだ。少し安堵して、アンプル付きの吹き矢を足許《あしもと》に叩きつける。アンプルが砕《くだ》けた。

才賀はエクスプローラーの運転席を覗き込んだ。

白衣の男の姿は掻《か》き消えていた。麻酔ダーツを放った仲間は、近くにいるにちがいない。

才賀は拳銃を握り直し、あたりに目をやった。駐車場のフェンスの向こうに、動く人影があった。

「出てこないと、ぶっ放すぞ」

才賀は言いながら、金網に向かって歩きはじめた。

黒い人影が横に走りだした。

才賀はフェンスに沿って駆けた。数十メートル走ったとき、急に全身から力が抜けた。

（くそっ。アンプルの中には、強力な全身麻酔薬が入ってたんだろう）

才賀は逃げる不審者を追うことを諦《あきら》め、すぐに立ち止まった。それでも、視線は忙《せわ》しく動かした。

少し待ったが、誰も襲いかかってこない。

（敵は、おれが意識を失うのを待つ気だな。ひとまず車で、逃げられる所まで行こう）

才賀は体を反転させ、覆面パトカーに戻りはじめた。

手脚《てあし》が思うように動かない。まるでマリオネットになったような感じだ。体が重くて仕方がない。

目が霞《かす》んできた。筋肉も痺《しび》れはじめた。

あと十メートルほど進めば、覆面パトカーに達する。才賀は一歩ずつ前進した。

だが、ほどなく自分の体を支《ささ》えられなくなった。才賀は頽《くずお》れた。横倒れに転がったとき、何もわからなくなった。

それから、どれくらいの時間が経過したのか。

才賀は首筋に硬く冷たい物を押し当てられ、我に返った。木暮が笑いながら、グロック26の銃身を才賀の首に密着させていた。

才賀はコンクリートの床に横たわっていた。手脚《てあし》は縛られていない。

「ペントバルビタール・ナトリウムの効き目は想像以上だったな」

木暮が言った。もう白衣は着ていなかった。

「アンプルの中身のことだな？」

「ああ、そうだよ。全身麻酔薬さ。ぼくは研修医だから、麻酔薬が手に入るんだ」

「そのジョークには笑えねえな。ここは、どこなんだ？」

「元流通会社の配送センターだよ」

「『コニー』が買収した会社らしいな」

「えっ」

「図星だったらしいな」

「見当外れだ。事務室に、あんたの知り合いの夫婦がいるよ」

「堀内重人と聡子夫人を監禁してるんだな？」

「そうだ。ゆっくりと起き上がってもらおうか」

「拳銃のおかげで、だいぶ元気づいたな」

　才賀は身を起こした。木暮が才賀の後ろに回った。

「逃げようとしたら、撃つぞ」

「拳銃を実射したことはあるのかい？」

「一度だけあるよ。数年前にグアムの射撃場《シューティング・レンジ》で、コルト・ガバメントで二十五発ほどね」

「だからって、おれのグロック26を扱えるとは限らないぜ。そいつには特殊なセーフティが付いていて、ちょっと扱いが難しいんだ」

　才賀は、もっともらしく言った。

「えっ、そうなのか!?」

「下手に扱うと、暴発するぜ。そのときは、指の一、二本は消えてるだろうな」

「おとなしくしてれば、引き金は絞らないよ」

木暮はピストルを扱うことに急に不安を覚えたようだ。

がらんとしたトラック・ターミナルは、どこか飛行機の格納庫に似ていた。

一隅に事務室があった。才賀は木暮に押されて、室内に入った。

堀内夫婦が回転椅子に坐らされていた。

二人とも白い樹脂製の紐《ひも》で両手を縛られている。タイラップと呼ばれているものだ。電線や工具を括《くく》るときに使用されている。夫婦は粘着テープで口を封じられていた。

二人の前には、暴力団関係者と思われる四十男が立っていた。刃渡り六十センチほどの段平《だんびら》を提《さ》げている。鍔《つば》のない日本刀だ。

どこかで見た顔だった。しかし、とっさには相手が誰だったのかは思い出せなかった。

「マングースとこんな形で会えるとは思わなかったぜ」

「誰だったかな？」

「三年半前まで、稲森会竹中組《いなもりかいたけなかぐみ》で舎弟頭をやってた鬼熊良次《おにくまりようじ》だよっ。てめえのおかげで、組の覚醒剤《シャブ》をこっそり抜いて、調味料を混ぜたことが組長《オヤジ》に知られ、こっちは全国の親分衆に絶縁状を回されちまった」

「喰い詰めて、『コニー』の川手会長の番犬になったってわけか」

「ま、そういうこった」

「鬼熊さん、まずいですよ」

木暮が咎《とが》める口調で言った。

「会長秘書のくせに、気が小《ちい》せえな。川手会長は、ここにいる三人をおれに始末しろとおっしゃったんだ。いまさら、会長のことをかばうことはねえさ。どうせ人質は殺《や》っちまうんだ。それにな、才賀はぼんくら刑事《デカ》じゃねえ。会長がペドロってコロンビア人に隠し子の並木稔を交通事故に見せかけて焼死させたこと、それから稔の母親をおたくに殺させようとしたこともお見通しさ。それに、並木祐子の知り合いの堀内聡子と旦那をおれが拉致したこともな」

「わざわざぼくがやったことまで喋らなくてもいいでしょ？」

「生意気な口を利くんじゃねえ。おめえが並木祐子をちゃんと転落死させてりゃ、こんなに手間取らずに済んだんだ」

「ぼくは堅気なんだから、そう簡単に人殺しなんかできないよ」

「けど、結局は出世したい一心で、並木祐子の入院先に止《とど》めを刺しに行ったじゃねえか。あんまりいい子ぶるんじゃねえよ」

「鬼熊さんは無防備すぎる！　立場が逆転したら、あなたもぼくも、それから川手会長も警察に捕まるんですよ」

「うるせえ。そんなことにはならねえよ。そっちは黙ってな！」

鬼熊が木暮を怒鳴りつけた。木暮は何か反論しかけたが、すぐに黙り込んだ。

「川手会長は昔、誰かを殺害したな？　並木祐子は、川手の犯行の証拠を摑んでいた。しかし、時効が過ぎるまで口を噤《つぐ》んでた。それは、川手が稔の父親だったからだろう。だが、父親は冷たかった。息子が養育費を一括で払ってほしいと頼み込んでも、『コニー』の会長は無視した。なぜ川手は、そこまで隠し子に冷ややかな態度をとったのか。それは、稔が母親から自分の昔の致命的な弱みを聞いて、脅迫してきたと思い込んでしまったからだろう」

才賀は鬼熊に言った。鬼熊はにやにや笑ったきりで、何も喋らなかった。

「並木祐子は死刑確定囚だった息子を謎の人物がテロ騒ぎを起こして、わざわざ釈放させ、仕組んだ交通事故で焼死させたことを知り、絵図を画《か》いたのは川手彰一だと見抜いた。それで倅《せがれ》の香典と自分の老後の生活費として数億円の口留め料を川手に要求した。同時に、並木祐子は川手の殺人の証拠を知り合いの保険外交員の堀内聡子さんに預けた。そうなんだな？」

「さすがだな。その通りだ。川手会長は並木祐子を愛人にしてたころ、新橋芸者ともつき合ってたんだよ。その女は嫉妬深い性格で、祐子宅に押しかけたんだ。居合わせた川手会長がなだめたんだが、芸者は引き揚げようとしなかった。で、会長は思い余って、その女を絞殺しちまったんだ。その死体を秩父《ちちぶ》山中に埋めてやったのが、おれの父親《おやじ》だったんだよ。川手会長は謝礼として、親父に貸家を一軒くれた。けど、親父は博打《ばくち》好きだったたんで、その家作を数年後に手放すことになっちまった。貧乏だったんで、おれは高校にも進学できなかったんだ。一年ほどプレス工場で働いたんだが、仕事はつまらなかった。気がついたら、やくざ者になってたってわけさ」

「芸者が殺された日、並木祐子はどんな方法で川手の弱みを押さえたんだ？」

「偶然、殺人の証拠を手に入れたようだな。川手会長は、寝室の蒲団《ふとん》の下にこっそり小型録音機を仕掛けておいたらしいんだよ。会長は愛人だった祐子のよがり声を録音する気だったんだ。芸者が踏み込んだとき、二人は睦《むつ》み合ってたらしい」

「その話は、川手自身から聞いたのか？」

「ああ、そうだよ。川手会長は後日、テレコのことを思い出して、祐子にそのことを訊いたんだってさ。そしたら、祐子はテープごと焼却したと答えたらしい。けど、彼女はテレコを保存してたんだよ。それで、川手会長は強請《ゆす》られることに……」

「録音テープを並木祐子から渡されて、奥さんが預かってるんですか？」

才賀は、堀内の妻に声をかけた。聡子が大きくうなずいた。

「おれが堀内夫婦の首を叩っ斬る。そっちは、才賀刑事の頭を撃ち抜いてくれ」

鬼熊が木暮に言った。木暮が掠《かす》れ声で返事をして、才賀の背後に迫った。

才賀は後ろ蹴りを放った。木暮が呻いた。才賀は振り向きざまに木暮を肘《ひじ》で弾《はじ》いた。木暮の右手から、グロック26が落ちた。

暴発はしなかった。才賀は拳銃を拾い上げた。

「てめーっ」

鬼熊が段平を大上段に振り被った。

堀内と妻がぐぐもり声をあげ、首を縮めた。才賀は鬼熊の顔面を撃ち砕いた。少しも迷わなかった。鬼熊は段平を握ったまま、後方にぶっ倒れた。

床に倒れた木暮はアルマジロのように手脚を縮め、わなないていた。才賀はグロック26をベルトの下に差し込み、手早く堀内夫妻の粘着テープを剥《は》がし、縛《いまし》めをほどいた。

「ここは、厚木市内だよ。『コニー』が数カ月前に買収したらしい。女房が預かった証拠テープは、アパートの観葉植物の腐葉土《ふようど》の下に隠してあるそうだ」

堀内が言った。

「二人とも無事でよかった」

「才賀ちゃんは、命の恩人だな。礼を言うよ」

「ほんとうにありがとうございました」

堀内の妻が椅子から立ち上がって、深々と頭を下げた。

「奥さんと一緒に消えてください。機捜《きそう》の初動班が駆けつけたら、延々と事情聴取されます。それもうっとうしいでしょ？」

「おれたち二人がいると、そっちもやりにくいんだろ？」

「どういう意味なんです？」

才賀は問い返した。

「特殊任務のことは他言しないって」

「なんの話なんです？」

「役者だな。ま、いいや。後は、うまくやってくれ」

堀内が言って、妻を促《うなが》した。二人の姿が見えなくなると、才賀は木暮に歩み寄った。

「殺さないでくれ」

木暮がうずくまったまま、頭の上で両手を合わせた。

「そっちは、まだ道具として使えるから、いまは撃たない」

「ほんとだね？」

「ああ。立つんだ」

才賀は命じて、上着のポケットから煙草とライターを取り出した。ほっとしたからか、無性に一服したかった。

4

海風が強い。

才賀は肩をすぼめた。油壺《あぶらつぼ》のヨット・ハーバーの岸壁に立っていた。三浦半島の諸磯《もろいそ》湾《わん》につながっている入江だ。

厚木の元流通会社の配送センターから堀内夫婦を救い出した翌日の午後四時過ぎだった。

配送センターだった建物の前には、鬼熊の黒いクライスラーが駐めてあった。才賀は別働隊のメンバーが臨場する前にクライスラーのトランク・ルームに人質の木暮を押し込み、このヨット・ハーバーにやってきた。木暮から、川手彰一のクルーザーが桟橋《さんばし》の先端に舫《もや》われているという話を聞いたからだ。

そのクルーザーはバネッサ号という艇名《ていめい》で、全長二十六メートルもあった。船室《キャビン》は広く、寝室、シャワールーム、トイレ、厨房《ギャレイ》付きだった。

いま木暮はベッドの下で転がっている。電気コードとバスタオルで両手と両足の自由は奪っておいた。

才賀は、堀内を待っていた。彼の妻がアパートの自宅に隠してあった問題の録音テープを届けてもらうことになっていた。堀内は、すぐ近くまで来ているらしかった。そういう電話があったのは、ほんの数分前だ。

じきに堀内のカローラが近づいてきた。才賀は、堀内の車を駐車場に誘導した。カローラが停まった。

才賀は助手席に乗り込んだ。

「面倒なことをお願いして、申し訳ありません」

「よそよそしいことを言うなって。才賀ちゃんは、おれたち夫婦の命の恩人なんだ。こんなことぐらいは当然さ」

「早速なんですが、例の録音テープを……」

「あいよ」

堀内がグローブ・ボックスから灰色の小型録音機を掴み出した。カセット・テープはセットされていた。

「旦那は聴いたの？」

「念のためにな。日本製は優秀だね。三十年近く前の録音テープはほとんど劣化してなかったぜ」

「そう」

才賀はテープ・レコーダーを受け取り、膝の上で再生ボタンを押した。

わずかに雑音《ノイズ》が混じっていたが、川手彰一と並木祐子の睦事《むつごと》が響いてきた。元芸者が祐子宅に踏み込んできたのは、情事の最中だった。

川手と祐子が驚きの声をあげ、慌《あわ》てて結合を解く気配が生々しく伝わってきた。絹代《きぬよ》という元芸者は祐子に泥棒猫と罵倒《ばとう》し、平手打ちをくれた。

川手は愛人同士がいがみ合うのはみっともないと二人をたしなめた。すると、絹代がパトロンに組みつき、爪を立てた。嚙みつきもしたようだ。

川手は、それで逆上したらしい。囲われ者の分際で生意気だと怒鳴り、絹代の首を両手で絞《し》めはじめる。焦《あせ》った祐子が泣きながら、必死に制止した。

だが、川手は両手の手の力を緩《ゆる》めなかった。絹代が息絶えたことを知ると、川手と祐子はひどく狼狽《ろうばい》する。

川手は祐子に何も見なかったことにしてくれと呪文のように繰り返し、慌《あわ》ただしく衣服をまとう。そして、どこかに電話をかけた。

その遣《や》り取《と》りは録音されていなかったが、絹代の死体を第三者に遺棄《いき》させることにしたと川手が祐子に告げている。祐子は戸惑った様子だったが、別に反対はしない。

二人が別室に移ってからの音声は、まったく録音されていなかった。

「録音されてたのは、それだけだよ」

堀内が言った。才賀は小さくうなずき、停止ボタンを押した。

「川手の犯罪はとうに時効になってるわけだが、致命的な弱みであることは変わらない」

「そうですね。川手は昔のことが公《おおやけ》になることを恐れて、隠し子の並木稔をペドロというコロンビア人に始末させたんだな」

「てめえの息子まで始末させるなんで、いったいどういう神経してるんだっ。鬼だな。並木祐子は倅《せがれ》を殺させた川手に復讐心を燃やして、その録音テープを強請《ゆすり》の材料にしたんだろう。いくら要求したんだい？」

「三億円の口留《ど》め料を要求したようです」

「並木祐子は近く大金が入ることを見越して、おれの女房にブティックの経営を任せたいだなんて言ったんだな」

「ええ、そうなんだと思います。堀内の旦那、奥さんとはどうなりました？」

「昨夜《ゆうべ》は聡子の部屋に泊まったんだ。夜具が一組しかなかったんで、久しぶりに同衾《どうきん》することになってさ」

「元の鞘《さや》に収まることになったんですね？」

「ああ、そうなんだ。今週中にも部屋を引き払って、女房は家に戻ってくるってさ」

「それはよかったですね」

「才賀ちゃんが、壊れかけた夫婦の仲を修復してくれたんだ。そのお礼ってわけじゃないが、才賀ちゃんの裏捜査には関心を持たないことにするよ。そのテープ、自由に使ってくれや。おれは何も見なかったし、何も渡さなかった。それでいいんだろ？」

堀内が言って、にやついた。才賀は曖昧《あいまい》に笑い返し、カローラから出た。

「おっと、忘れるとこだった。聡子がさ、近いうちに手料理で才賀ちゃんをもてなしたいと言ってた。気が向いたら、おれのとこに遊びに来いや」

堀内がそう言い、旧式の大衆車を発進させた。才賀はカローラを見送ってから、桟橋を進んだ。

バネッサ号の甲板《デッキ》に跳《と》び移り、船室《キャビン》に降りる。寝室に入ると、木暮が内腿《うちもも》を擦り合わせていた。

「トイレに行かせてくれないか。ずっと小便を我慢してたんだ」

「そのまま垂れ流しちまえ。汚れるのは川手のクルーザーなんだ。おれは気にしないよ」

「絶対に逃げないから、小便だけさせてください。お願いです」

「おれは昔から、男のお願いは無視することにしてるんだ」

才賀はせせら笑って、ベッドにどっかと腰かけた。録音テープを巻き戻してから、木暮に川手彰一の携帯電話の番号を吐かせた。

すぐに才賀は電話をかけた。電話がつながったのを確かめ、録音テープを再生する。

足許の木暮が絶望的な顔つきになった。

やがて、テープの音声が途絶《とだ》えた。才賀はテープ・レコーダーの停止ボタンを押し込み、川手に話しかけた。

「鬼熊は厚木の元配送センターでくたばった。秘書の木暮は、あんたのバネッサ号の船室に閉じ込めてある。昔の録音テープで並木祐子に三億円を要求されたんだな？」

「そうだ。あの女は恩知らずもいいところだから、木暮に始末させるつもりだったんだが……」

「あんたは隠し子の並木稔が母親から絹代殺しの件を聞いてるのではないかと疑心暗鬼《ぎしんあんき》に陥《おちい》り、死刑囚の息子をわざわざ東京拘置所から出させて、ペドロに片づけさせた。それから、『コニー』の株を十七パーセントも買い集めた桐谷兄弟も殺《や》らせた」

「手を打たなかったら、『コニー』の経営権を奪われることになるからな。そんなことはさせん！」

「鬼熊は死ぬ前に、奴の父親が絹代の死体を秩父の山中に埋めたことも喋ったぜ。それから、あいつはあんたに頼まれて、堀内夫妻を拉致したことも吐いた」

「そうか。どいつも口が軽いな。で、そっちの要求は？」

「夕方七時までにヨット・ハーバーに来い。来なかったら、あんたは一巻の終わりだ」

「小切手の額を言ってくれ。どうせ金が目的なんだろうが？」

「金はいらない。ひとりで油壺に来たら、危《ヤバ》い録音テープはくれてやる」

「何か企《たくら》んでるようだな？」

「そう思いたければ、そう思えばいいさ。あんたがこなかったら、問題のテープは公になる。そのことを忘れるな」

「わかった。必ず七時までには、ヨット・ハーバーに行くよ」

川手が先に電話を切った。才賀は懐に携帯電話を戻し、木暮に顔を向けた。

「並木稔たち三人の死刑囚が釈放された日、スケボー好きな坊やたちに小遣いをやって、東京拘置所の周辺に張り込んでる警察車を探らせたのは、そっちだな?」

「そうだよ」

「川手の言いなりになって、並木祐子まで殺そうとするなんて、まともじゃないな。そんなに出世したいのか?」

「単に社内で出世したいわけじゃないんだ。ぼくは川手会長のひとり娘の婿《むこ》になって、『コニー』の経営に参画したいんだよ」

「なるほど、それでか」

「あっ、あーっ」

木暮が悲鳴のような声をあげ、股間を濡らしはじめた。尿失禁してしまったのだ。

「締まらない野郎だ」

才賀は小型録音機を上着のポケットに入れ、勢いよく立ち上がった。

船室《キャビン》を出て、甲板《デッキ》に上がる。

波頭が白い。押し寄せる波は、等高線を連想させた。

才賀は風に吹かれながら、大伴梨沙の携帯電話を鳴らした。

「昨夜《ゆうべ》はホテルに戻れなくて、ごめんな」

「何かあったのね? わたし、何度も才賀さんの携帯に電話したのよ」

「ああ、着信履歴を見た。梨沙、明日には自分のマンションに戻れると思うよ。一連の事件が解決しそうなんだ。詳しいことは、ホテルに戻ったときに話す」

「今夜はホテルに戻れるんでしょ？」

「ああ。飛び切りセクシーなランジェリーをまとって待っててくれ」

「そんな下着、持ってないわ」

梨沙が、まともに答えた。

「冗談だよ」

「あら、いやだ。恥ずかしい！」

「今夜は腰の蝶番《ちょうつがい》がおかしくなるまで愛し合おう」

才賀は戯《ざ》れ言《ごと》を口にして、通話を切り上げた。

うねる海原《うなばら》を眺めながら、煙草を吹かす。それから船室に降り、L字形のダイニング・ソファに寝そべった。寝室の木暮は子供のように泣きじゃくっていた。自尊心を傷つけられ、悔し涙にくれているのだろう。

やがて、六時半を過ぎた。

才賀は起き上がって、甲板《デッキ》に出た。いつの間にか、夕闇が漂っていた。才賀は操舵室《コックピット》の陰に隠れ、グロック26のスライドを引いた。

（川手は用心棒を連れてくるにちがいない）

才賀は先手を打つつもりでいる。

桟橋の向こうに三つの人影が見えたのは、六時五十分ごろだった。才賀は目を凝《こ》らした。

前方の男女は、陣内啓太郎と桐谷秋乃だった。二人の後ろに、川手彰一の姿が見える。川手は拳銃で、秋乃たち二人を威嚇《いかく》しているようだ。

(どういうことなんだ!? 秋乃が川手とよりを戻したのかもしれないと思ったが、そうではなかったようだな。『コニー』の元相談役の陣内と秋乃は、いったいどういう関係なのか)

才賀は、わけがわからなかった。

三人がバネッサ号の横で足を止めた。川手に促《うなが》され、陣内と秋乃がクルーザーの甲板に移った。川手もデッキに上がった。握りしめているのは、ブルーとクローム仕上げの中型リボルバーだった。

イタリア製のルイギ・フランキ83だ。ピストル図鑑の写真で型《タイプ》は知っていたが、本物を見たのは初めてだった。

才賀は抜き足で操舵室を回り込み、グロック26を左手でベルトの下から引き抜いた。銃口を川手の背に突きつけ、ルイギ・フランキ83を奪い取る。

川手が振り向いた。少し遅れて、陣内と秋乃が体を反転させた。二人が才賀に気づき、顔を合わせた。

「二人を弾除《たまよ》けにしたのは、なぜなんだ？」

才賀は川手に問いかけた。

「元相談役の陣内は桐谷兄弟を焚《た》きつけて、『コニー』の株を買い集めさせてたんだ。資金提供者も紹介してた。桐谷兄弟が死んだんで、陣内は姪《めい》の秋乃と組んで、『コニー』の筆頭株主になる気になったらしい。わたしにとっては、邪魔者なんだよ。だから、あんたを撃ち殺したら、陣内と秋乃も射殺するつもりでいたんだ」

「陣内さん、川手が言ったことは事実なんですか？」

「ああ。川手はわたしの妹の子である秋乃を卑劣な方法で手ごめにし、何番目かの愛人にした。その気もないくせに、川手はいずれ本妻と別れ、秋乃と再婚すると気を持たせ、何年もわたしの姪を弄《もてあそ》んだ。おまけに企業内不正を正そうとしたわたしに横領の罪を被せて、『コニー』から追放した。川手の横暴を赦《ゆる》してたら、いまに会社は潰《つぶ》れる。そうなったら、多くの社員とその家族が路頭に迷うことになるだろう」

「だから、それを防ぐために、川手に恨みを持つ桐谷兄弟に『コニー』の買収をしろと焚きつけたわけですね？」

「そうだ。しかし、川手は桐谷兄弟も殺し屋に始末させた。やむなくわたしが老骨に鞭打《むちう》って、『コニー』の買収に乗り出したんだよ。しかし、抜け目のない川手は秘書の木暮にわたしと姪をマークさせ……」

陣内が無念そうに言い、姪の秋乃を見た。秋乃が伯父を慰めるような眼差《まなざ》しになった。

「あなたの不可解な行動が、ようやくわかったよ」

才賀は秋乃に言った。

「え？」

「あなたは三人の若者を使って、桐谷利典の事務所から『コニー』の株を盗み出させたでしょ？　それは、桐谷兄弟が買い集めた株が川手に横奪《ど》りされることを恐れたからなんだね？」

「ええ、そうです。川手は株の名義人の偽造もやりかねない男ですから」

「やっぱり、そうか。一つだけわからないことがあるんだ。あなたは、死んだ旦那を嫌ってる振りをしてただけなのか？」

「いいえ。桐谷敏を愛そうと努力しましたが、やはり好きになれませんでした。亡くなった夫は、わたしから川手彰一の弱点を探るために一緒になっただけなんです」

「それなのに、なんでもっと早く旦那と別れようとしなかったんだい？」

「桐谷が『コニー』の経営権を握れば、わたし、少しは溜飲《りゅういん》が下がると思ってたんです。伯父と同じように、ずっと川手を破滅に追い込んでやりたいと願ってましたんでね。その日が来るまでは、死んだ夫を戦友と思うようにしてたわけです」

「わたしが秋乃を不幸にしてしまったんだ。川手の女癖が悪いことを知りながら、姪をこの男の秘書に推《お》してしまったから……」

陣内が川手に組みつき、右腕で喉を圧迫しはじめた。秋乃が伯父を引き剝《は》がした。

「お二人は東京に戻ってください」

才賀は陣内と秋乃を半《なか》ば強引に下船させた。

二人は桟橋に少しの間、留《とど》まっていた。才賀は黙って、秋乃たちにグロック26の銃口を向けた。二人は深く頭を下げ、ゆっくりと遠ざかっていった。

才賀はイタリア製のリボルバーを海に投げ捨て、川手を船室《キャビン》に押し込んだ。

「きみを『コニー』の非常勤の役員にしてやろう。年俸は一億円でどうだ？　十年契約でいい。悪くない取引だと思うよ」

川手が向き直って、猫撫で声で言った。

才賀は無言で、銃把《グリップ》の角で川手の側頭部を思うさま殴った。

川手が床に転がった。

才賀は拳銃をベルトの下に入れ、川手の片足を摑んだ。寝室まで引きずっていき、手早くベッド・カバーでぐるぐる巻きにした。

「ぼ、ぼくと会長をどうする気なんだ!?」

木暮が訊《き》いた。声は震えを帯びていた。

「さあな」

「教えてくれよ」

「すぐにわかるさ」

　才賀は流し台の脇に用意してあったガソリン入りのポリ・タンクを摑み上げ、すぐさまキャップを外した。

　木暮と川手に等分にガソリンをぶっかける。

「われわれを生きたまま、焼き殺す気なんだなっ」

　川手がもがきながら、問いかけてきた。上擦った声だった。

「そうだ。あんたは、自分の倅《せがれ》をペドロに焼き殺させた。同じ苦しみを味わってから、地獄に行くんだな」

「おまえに、いや、きみに『コニー』の経営権を譲ってもいい。ほかに欲しいものがあったら、なんでもやろう」

「おれが欲しいのは、あんたの命だけだ」

　才賀は言い返した。

「命だけは救《たす》けてくれ。わたしがこの手で殺したのは絹代だけなんだ。ほかには、誰も殺《や》ってないんだから……」

「てめえの手を汚したんなら、まだ赦《ゆる》せる。だが、あんたは汚れ役は他人に押しつけてきた。狡猾《こうかつ》で、腹黒い」

「その通りだよ。川手会長は狡《ずる》い。いつも損な役は、ぼくらに押しつけてきた。並木祐子は死んだわけじゃない」

木暮が言った。

「だから？」

「ぼくは人殺しってわけじゃないんだ。だから、ぼくまで焼き殺すのは行きすぎだよ」

「黙れ、茶坊主！　てめえも川手と同罪だっ」

才賀は両切りピースをくわえ、ライターで火を点けた。

床はガソリンで濡れていた。才賀は寝室の出入口まで後退し、火の点いた煙草を油溜《ゆだ》まりに投げ込んだ。

鈍い着火音がした。橙《だいだいいろ》色の炎が床面を生きもののように這い、川手と木暮の体を包んだ。

二人の絶叫が重なった。

炎は瞬《またた》く間に躍《おど》り上がり、寝室全体に拡《ひろ》がった。肉の焦《こ》げる臭《にお》いが鼻腔《びこう》を撲《う》つ。

（確か『生きながら、ブルースに葬《ほうむ》られて』って曲名のジャズがあったな）

才賀は甲板《デッキ》に上がり、バネッサ号から降りた。

桟橋は月明かりで仄明《ほのあか》るい。

才賀は何事もなかったような顔で歩きはじめた。足取りは軽かった。

著者注・この作品はフィクションであり、登場する人物および団体名は、実在するものといっさい関係ありません。

一〇〇字書評

切り取り線

購買動機（新聞、雑誌名を記入するか、あるいは○をつけてください）

□（　　　　　　　　）の広告を見て	
□（　　　　　　　　）の書評を見て	
□ 知人のすすめで	□ タイトルに惹かれて
□ カバーがよかったから	□ 内容が面白そうだから
□ 好きな作家だから	□ 好きな分野の本だから

●最近、最も感銘を受けた作品名をお書きください

●あなたのお好きな作家名をお書きください

●その他、ご要望がありましたらお書きください

住所	〒				
氏名		職業		年齢	
Eメール	※携帯には配信できません	新刊情報等のメール配信を 希望する・しない			

あなたにお願い

この本の感想を、編集部までお寄せいただけたらありがたく存じます。今後の企画の参考にさせていただきます。Eメールでも結構です。

いただいた「一〇〇字書評」は、新聞・雑誌等に紹介させていただくことがあります。その場合はお礼として特製図書カードを差し上げます。

前ページの原稿用紙に書評をお書きの上、切り取り、左記までお送り下さい。宛先の住所は不要です。

なお、ご記入いただいたお名前、ご住所等は、書評紹介の事前了解、謝礼のお届けのためだけに利用し、そのほかの目的のために利用することはありません。またそのデータを六カ月を超えて保管することもありませんので、ご安心ください。

〒一〇一-八七〇一
祥伝社文庫編集長　加藤　淳
☎〇三（三二六五）二〇八〇
bunko@shodensha.co.jp

祥伝社文庫

上質のエンターテインメントを！　珠玉のエスプリを！

祥伝社文庫は創刊15周年を迎える2000年を機に、ここに新たな宣言をいたします。いつの世にも変わらない価値観、つまり「豊かな心」「深い知恵」「大きな楽しみ」に満ちた作品を厳選し、次代を拓く書下ろし作品を大胆に起用し、読者の皆様の心に響く文庫を目指します。どうぞご意見、ご希望を編集部までお寄せくださるよう、お願いいたします。

2000年1月1日　　　祥伝社文庫編集部

囮《おとり》刑事《デカ》　囚人謀殺《しゅうじんぼうさつ》　　長編サスペンス

平成18年6月20日　初版第1刷発行

著者　南《みなみ》　英《ひで》男《お》

発行者　深澤健一

発行所　祥《しょう》伝《でん》社《しゃ》
東京都千代田区神田神保町 3-6-5
九段尚学ビル　〒101-8701
☎03(3265)2081(販売部)
☎03(3265)2080(編集部)
☎03(3265)3622(業務部)
印刷所　堀内印刷

製本所　ナショナル製本

ISBN4-396-33292-0 C0193

祥伝社のホームページ・http://www.shodensha.co.jp/

祥伝社文庫

南　英男　猟犬検事　密謀

今度の獲物は15億円！　東京地検のアウトロー検事・最上僚は痴漢騒動から巧妙な企業恐喝組織に狙いを定めた。

南　英男　猟犬検事　堕落《だらく》

美女を拉致して卵子を奪う事件が頻発していた。闇の不妊治療組織の存在を調べ始めた最上に巧妙な罠が…。

南　英男　猟犬検事　破綻《はたん》

偽装国際結婚、裏口入学…ロシア美女の甘い罠。背後にはもっと大きな黒幕と陰謀が！

南　英男　悪党社員　反撃

横領の代償にリストラ社員を陥れる裏業務を負わされた男。だが経営者の陰謀を察知し、ついに反撃に！

南　英男　悪党社員　密猟

激戦のホテル業界に渦巻く陰謀。はみ出しの一匹狼が、悪には悪をもって反撃する痛快アクション。

南　英男　悪党社員　凌虐《りょうぎゃく》

女優たちを凌辱から救え！　TVクルーなど百数十名を乗せた客船がジャックされ、怒りに燃える街風直樹。